花木◎著

孽海冤家

CFP 中国电影出版社

图书在版编目（CIP）数据

孽海冤家 / 花木著. -- 北京 : 中国电影出版社, 2017.8
ISBN 978-7-106-04776-4

Ⅰ. ①孽… Ⅱ. ①花… Ⅲ. ①言情小说－中国－当代
Ⅳ. ① I247.5

中国版本图书馆 CIP 数据核字 (2017) 第 191215 号

责任编辑：纵华跃
封面设计：黄佳影
版式设计：刘小利
责任校对：汪丽容
责任印制：庞敬峰

孽海冤家

花木　著

出版发行　中国电影出版社（北京北三环东路 22 号）　邮编　100013
电话：64296664（总编室）　64216278（发行部）
64296742（读者服务部）
E-mail:cfpygb@126.com
经　　销　新华书店
印　　刷　三河市京兰印务有限公司
版　　次　2017 年 8 月第 1 版　2020 年 6 月第 2 次印刷
规　　格　成品尺寸 /145×210 毫米　1/32
印张 /8　字数 /174 千字
书　　号　ISBN 978-7-106-04776-4/I·1183
定　　价　45.80 元

内容简介

《孽海冤家》是一部纪实性长篇小说，讲述了在特殊的年代里发生的真实而鲜活的故事。

“冤家”在我们的汉语词典中有两个含义：一指仇人，一指所爱的人——“称似恨而实爱”。在这部小说里上述两种人都有，重点是后一种，也就是在动乱年代主人公结识的几位女友，几位真心诚意爱过他的女友，几位让他永志不忘的女友。这里说的女友不仅仅限于情侣，还包括真正朋友意义的人。因此除了芭儿、蒂兰、兰子、梅大姐之外还有罗哀家、佛哀家、小汪和小丹。

目录

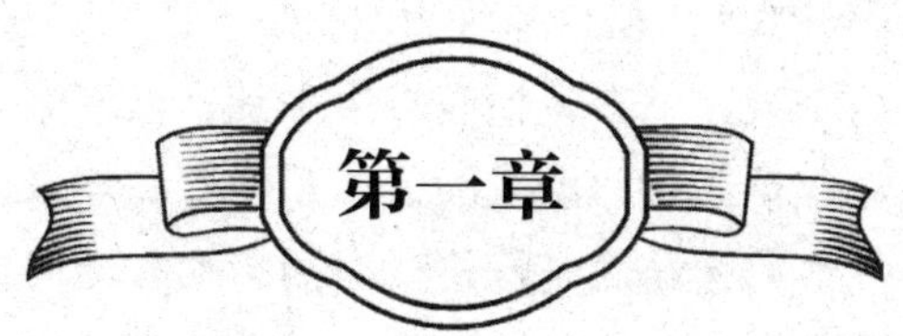

第一章

1957年夏天，是中国历史上一个不平凡的季节，东欧飘来“匈牙利事件”和“波兹南悲剧”愈来愈多的传闻，像雨云般在中国上空游动，像火星般在知识界闪烁。

整个W市“大鸣大放”得快沸腾了，而长江科学院尚未冒气泡。党委书记在全院传达了“最高”鼓励鸣放的一份煽动性讲话，其后便做了一些动员。各系各组各科各室随即卷入了这场政治漩涡。

化学组平时关心时事的人不太多，因此政工处一位女同志要叶根先发言，请他开个头炮。起初，叶根没说什么，只是抚弄着手指在思索。

积极分子小陈说：

“对！欢迎叶根带个头，他报看得多，还抄录了不少。”

“我是做笔记，又不是抄报纸。”

“不管怎样，反正你比别人知道的多。”政工处女同志

想请叶根帮什么忙似的，“你就带头鸣放一点点吧！这是帮助党开门整风呀！别的地方闹得热火朝天，总不能让别人说我们一点都不关心国家大事吧！”

叶根这个人，怎么说他呢？生来是个当右派的料，这一点他自己很清楚。一个人的命运是性格和环境双重作用的结果，然而归根结底是性格注定的。那时叶根按捺不住自己的狂躁和冲动，于是口出狂言：

“好吧，我就遵命鸣放一点点，首先说民主问题。”他环顾四周，碰上大家期待的目光。

“我个人认为，民主不是手段而是目的。从过去人民‘反饥饿、反迫害、争自由、争民主’的口号可知，民主是斗争的目的之一。从现在人民表现的强烈愿望来看也很清楚，民主乃是生存的需要，生活的权利，这种神圣的权利绝不是可有可无的东西，也不是一时的权宜之计或什么‘手段’。民主是一个伟大的目的，这就是人民的观点。”

“我的天！‘民主是手段呀’，这可是主席说的。”

“明着唱对台戏，胆子还真不小。”

“他也算得个雄辩家。看来……”

会场上有人悄悄耳语。顿时，气氛活跃起来。

当时，坐在叶根斜对面一位女士，是他所在科室的同事，也是他的上司，人称梅大姐。她目不转睛地注视着这个首先发言的青年，纹丝不动地聆听着他那波涛滚滚的音流。

他真是个怪人！她暗自寻味：大胆、独特、脑子里不知装了多少稀奇古怪。

这位梅大姐，其实只有二十七岁。从北大毕业没几年，脸上连一根皱纹都还没生，只因为她是科学院江副总工程师的夫人，同时又是化学组的组长，所以人们便尊称她为大姐。此外，由于梅容貌端庄秀丽、举止文静优雅，还成了一些年轻人的偶像。

叶根不只是鸣放了“一点点”，他讲到思想改造，说是“个性改造”；唯物辩证法是“唯我变戏法”……听得人既惊愕又惊奇！且感觉他不像兴头突发，也非心血来潮。似乎许多问题早就盘旋于胸，而今骨鲠在喉，不吐不快。

会场气氛变得紧张收缩，要不是他最后讲了个政治笑话，没准儿空气真会燃烧爆炸。

“连欢迎某外宾贵客，比如西哈努克吧，上级也要统一规定表情：什么不卑不亢，面带微笑，不冷不热，手拍巴掌……”

话还没讲完就引起了全场一阵笑声。

接着，人们纷纷发言，气氛由活跃演化成热烈，看来叶根这头一炮没有白放，很快便点燃了科学院大鸣大放之火。

火苗向物理组、数学组飞去；向水工室、土工室飞去；向科学院各个部门各个角落飞去；不到一星期，大字报就覆盖了所有院墙。到处是成堆的人在议论，到处有年轻人在演说，到处是沸沸扬扬的声波音浪。科研处于半瘫痪状态，日常工作都停止了。

院周报以头版头条刊登了叶根在鸣放会上讲话的全文，这一下使他名声大噪。他甚至被一些人视为思想领袖运动先驱。其实，这与他后来荣获的罪名“煽风点火”是一回事，不同场合的不同说法而已。

许多不认识叶根的人，都在找机会瞧他。一天中午，他从大楼下来，随着人群正向餐厅走去。几位风华正茂、光彩照人的女技术员在林荫道交头接耳，窃窃私语：

“看！来了。就是那个穿白衬衫的。”

“他不就是前次在晚会上独奏小提琴的那个吗？”

“没错！就是他。过来了，少说两句。”

她们半扭转身子斜睇着叶根从身旁走过，扑哧一笑。

“我还以为是个老工程师呢，报上那些话不像他讲的。”初次见面者说。

“哎，他不是有个蛮漂亮的女朋友吗？”曾经见面者说。

“是呀，你见过？”知情者说，“一个混血儿！她妈是美国人，爸是中国人，都在大学教书。”

“你怎么这样清楚？”

“有个礼拜天，我在滨江公园看见他们，才亲热呢！她勾着他的膀子。”

“人长得怎样？”

“那还要问？你想想，混血儿呀。蓝眼睛，黄头发，鼻子不高不矮，身材不肥不瘦，简直就像假的一样！”

“你什么意思？”

“就跟画的一样呐！”

“叶根这小子长得也够可以的，那真算阻抗匹配了。”

这几位风姿绰约的女郎边说边尾随叶根进了餐厅，又特地占了一张桌子，离她们的猎物不远。吃饭时嘻嘻哈哈地调笑个不停。

“不过，我倒是有点替他担心。”不知谁煞风景，“人怕出名猪怕壮啊！”

蒂兰坐在临窗的钢琴旁，从高大的梧桐树枝空隙里望着夕阳洒落的余晖。

虽然，她才满十六岁，却已经开始品尝爱之蜜了。不久前，她与一个叫叶根的青年邂逅和约会，此刻，正随着灵巧的手指在琴键上弹出的旋律，一幕一幕地重现在眼前。

旋律优美，略带感伤，被明亮而丰富的和弦衬托，在她那又密又浓的睫毛上轻轻颤抖。

那是纪念长江科学院建成4周年的文艺晚会……

大约一个月前的某日下午，她被一辆锃亮的小轿车从广播业余剧团接往科学院，作为晚会的司仪。

她既能说一口标准的国语，又能说一口流利的英语，因此，经常在一些有外宾出席的盛会上出面。科学院这次庆祝活动异常隆重，业余文工团排演、挑选了成套的精彩节目，可以不重复地连演两三夜。为了使晚会锦上添花，院领导特地和广播电台联系，邀请了蒂兰。

晚饭后，院文工团团长把她带进了礼堂休息室。叶根正在那儿与人研究节目单。

“这就是广播剧团的蒂兰。”团长向叶根介绍，“我市特级报幕员！”

她把头一偏，责备介绍人的夸张，然后像大人似的向叶根伸出手。

“欢迎！非常欢迎。”叶根被眼前这小姑娘吸住了——她竟是个金发碧眼的外国妞！

“他就是叶根，我院业余文工团的副总团长，原来是学艺术的，现在搞分析化学。”

蒂兰注视着他：他的眼睛很动人，会说话，看得出是个聪明的家伙。于是试探性地说了句英语：

“I wast old you like music，don't you？”

“Oh，yes.very much.”叶根立即回答，他还不知她是个中美混血儿。

“Will you play for us this evening？”

“Certainly，I'll play a tune.”

“On the piano?”

“No, on the violin.”

礼堂里人声鼎沸，电扇旋着热风。

突然，大厅的照明熄灭了，只剩下舞台一排绿色的脚灯和暗红色的顶光。蒂兰从闭拢的天鹅绒帷幕之间出现，舞台前上角投下红橙黄绿青蓝紫七色光环，宛如太阳照耀着她，包裹着她。

嘈杂的人声顿时安静下来，数千只眼睛盯着这位美少女。她上面穿着雪白的敞口衬衣，下面套着墨绿色的褶皱短裙，两根宽宽的黑背带从肩头垂至腰间。

满脸纯净，浑身素雅，整个观众席被她光华夺目的形象征服了。

混血儿用银铃般的声音报了第一个节目，于是，帷幕在管弦乐前奏中徐徐展开，混声四部大合唱响彻了大厅。由研究员、总工程师这些高级知识分子组成的声部竟是那么和谐美妙，听起来简直不能相信这是业余的。

接着是年轻女郎五彩缤纷的歌舞，妙趣横生的曲艺以及各式各样的节目。在每次节目交替之间，蒂兰的出场都成了大厅动人的景象。

她那一双妩媚的蓝眼睛闪动于乳白色的脸庞，像是镶嵌在玉盘里的珍珠玛瑙。那脑后耳边的小羊角辫，就像鸟儿张开的翅膀。

轮到叶根了，蒂兰平静地向他点了一下头，带他和一位担任钢琴伴奏的中年女工程师出场。

“小提琴独奏，《叙事曲》。作曲：奇普里安·波隆贝斯库。演奏：叶根。伴奏：刘冰。”

混血儿年纪不大，但业务很熟。而且从她那十六岁便十分丰满的身体来看，也显得早熟。

叶根这支曲子演奏过无数遍，是他的保留节目之一。音色纯美，音质饱满，很有他启蒙老师罗圣提的风范。这支《叙事曲》就是罗先生亲手教给他的。钢琴伴奏也配合得相当准确协调。听众凝神屏气，沉浸在想象和回忆中。

当忧郁的行板结束，转入激情的快板时，突然一声杂乱的轰鸣，伴奏的刘工程师晕倒了，她整个上身倾在琴键上。叶根连忙奔过去，一手执着琴和弓，一手挽着她的肩膀。舞台边幕两侧同时涌出来一些人，帮着去搀扶。观众纷纷从座位上立起，脸上堆满了惊诧，注视着台上。

片刻之后，团长向大家说：

“是中暑了，同志们！不要紧的。请坐下，请大家都坐下！演出继续进行。”

他走到侧幕旁，问叶根怎么办：“是换下一个节目呢还是继续拉？”

“换吧。”叶根对蒂兰说。

不料，当她出场报下一个节目时，台下呼喊起来：

“小提琴！小提琴！快快快！《叙事曲》，快快快！”同时伴随着节奏般的鼓掌。

团长对台下瞟了一眼，又问叶根：“无伴奏行吗？”

“我替他伴奏。”蒂兰突然插话，她问团长，“可以吗？”

叶根从这个混血儿平静的表情与从容的声音里感觉出了自信，没等团长表态便兴冲冲地拉着她的手走到前台，请她在钢琴旁就位。

观众们先是睁大了惊奇的眼睛，一霎时大礼堂鸦雀无声。紧接着便激动地议论纷纭，对混血儿将要开始的演奏作各种臆断和猜测。

“这女孩行吗？”

“难道她还会弹钢琴？”

“别急，瞧那样儿……还真……”

随着小提琴声与钢琴声的再次鸣响，席间爆发出一阵鼓掌，接着很快又安静了。

从头奏起的《叙事曲》，开始几个乐句与先前效果并无多大差别，但仍有“内行看门道”，他们不久便发现混血儿的技巧更具专业水准；而“外行看热闹”便认为叶根与蒂兰才是最佳搭配。当急速的快板奏完时，台下掌声雷动，观众们为两个年轻人灵巧的手指和完美的乐感赞不绝口。

全曲结束，两人退场，掌声与喝彩声响彻大厅，似乎窗玻璃都在发颤。观众没有就此罢休，一直到叶根和蒂兰再次出场加演萨拉萨特的《流浪者之歌》时，一切骚动才平息下来。在大家的热烈要求下，他俩又演奏了马思聪的代表作《思乡曲》，然后是一再地谢幕。

混血儿报出下一个节目后，便和叶根一起坐在边幕旁。她很兴奋，但没多说什么话，她的任务也不允许她随意交谈，否则会误了上场。作为舞台监督的叶根更要把注意力放在前台和后台，来回走动，也顾不得与她聊些什么。

晚会结束前，蒂兰随口问了一句叶根家的地址，叶根也顺口告诉了她，没把这事搁在心上。

不料那个星期天，叶根过江回家去，刚把自行车停在门口，大妹妹美菁连跑带跳迎出来，神秘兮兮地说：

“大哥，家里来了客人，是找你的。”

“谁来了？”

“从没见过，是个外国人，真好看呐！”

叶根奇怪，想不起自己有什么外国朋友。他随美菁朝屋里走，啊！那是蒂兰！

蒂兰正安详地坐在竹椅上，帮小妹丽菁梳头发。她见叶根进来，忙起身笑道："你没想到吧？我是不是很冒失？"

"不不！"叶根见两个妹妹异常好奇的样子，四只眼睛睁得滚圆，又故意改用英语说："I'm so happy to see you at my home!"他几乎是跳过去握住她的手。

"Don't you think I come here too early?"

"Not at all,It's just the time."

嘻嘻！嘻嘻！两个妹妹觉得太有趣了，望望大哥又望望这个"外国女孩"。

蒂兰拉回丽菁，继续帮她梳理头发扎成小辫子。

两个妹妹眼里的"外国女孩"其实只是外貌像西方人，举止神态却与中国人毫无二致。蒂兰个性不张扬，甚至不够活泼，完全不像一般美国女孩那样。她沉静、温柔，但不腼腆。表面上是挺斯文的，而内心却没有不敢做的事。这大概与其混血种有直接关系。她出生在美国，生长在中国。在学校受的东方教育，而在家中则受到中西文化的双重教养。

过了一会，叶根妈妈买菜回来了，蒂兰迎过去彬彬有礼一鞠躬。母亲惊奇地看着面前这个亭亭玉立的美少女，听着儿子热情洋溢的介绍，非常高兴。一下把她拉至身边，亲切地和她说话。

"你家住哪儿？爸爸妈妈都好吗？"

"我家在WH医学院，妈妈是美国人，在那儿教英语。爸爸是中国人，在WH体育学院，是篮球国家教练。"

"那你一定会讲英语啰！"

"那当然！"叶根枪过话头，"她的英语是标准的美语，跟汉语说得一样好。"

“你爸跟你妈是怎么认识结婚的呀？”

“听我妈说，爸爸是中国篮球健将，那个什么……国民党时的‘五虎将’之一。他还是飞行员，在美国受训时认识了我妈妈，后来，两人就结婚了，再后来，就生了我。”

“真像个传奇故事！”叶根妈听得神采飞扬，“你妈一定很漂亮，你爸长什么样啊？”

“我妈还行。我爸个儿挺高的，身体很棒，力气也不小。”

正谈话间，叶根的爸爸、弟弟也从外面回来了。蒂兰恭谨地称呼“伯伯”“弟弟”，以她优雅的风度和娇美的容颜，立刻便赢得了全家的欢心。

午餐时，她无拘无束，像自家人一样，像个懂事的姐姐，帮两个小妹妹盛饭端菜。

叶根的爸爸是大学教授，对家里这个不速之客——中美混血儿喜爱有加，兴致勃勃地与她用英语交谈。蒂兰发现，谈到美国，叶根爸十分熟悉，比她自己爸爸知道的还多。

饭后，两个妹妹和三弟东东邀蒂兰一起玩扑克牌，叶根坐在她身后当参谋，屋里一片欢声笑语。

这是叶根妈第一个钟爱的女孩，除了她自己的孩子。无论是叶根的高中同学、大学同学或者他的同事，凡来过家的女孩她一个也没看上眼。她总是把自己这个儿子——叶根看得太优秀了，尽管事实上未必如此。她认为叶根长得最像她，像她一样善良，像她一样坚强，而且，长得比她更清秀。

至于那些女孩，不是俗里俗气就是娇里娇气。蒂兰，却是完全不相同的。倒并非她是个混血儿，她简直就是个从天而降的仙女，在她眼里。

第二章

风云突变，街头巷尾聚集着成堆的人群：有的挤着读报，有的挨着谈论，有的面色惊惶，有的神情激愤。全国性的“反右”拉开了序幕。

“梅大姐，你看见叶根没有？”周贵祥在科学院大门口遇见她，气喘吁吁地从自行车上跳下来。这个年轻的技术员是鸣放以来叶根的崇拜者。

“没有啊，我也正找他呢。”梅神色不安地四处张望。

小周推着车子与梅并排走着，刚进大门就怔住了。无数人流正从四面八方向理化大楼汇集，梅卷了进去，小周带着车不便，在原地张望。

随着嘈杂混乱的声浪，梅很快就来到了大楼底下，站在密密匝匝的人堆里仰望墙上的大字报。那是政工处的人刚刚贴上去的，大字报正中上方是醒目的大标题——彻底批判叶根的右派言论。他的名字上还用红笔画上了个×。

后面的人越来越多，使劲朝前面挤。梅夹在中间，感到难受。她想退出来，又放心不下。一边用手绢扇风，一边跳过那些文章段落，用目光去追寻标题，于是看到了这些字样：

说“民主是目的”居心何在？

“思想改造是个性改造”吗？

“唯物辩证法是唯我变戏法”何其毒也！

不知怎的，墙那头的字看不清楚了，她只觉得呼吸急促，心口发闷，眼前发黑，便歪歪斜斜昏倒在地。

“梅大姐怎么了？”旁边的人都围拢来。

“可能是中暑，来，我们扶她到医院去。”

小周把自行车寄放在传达室旁边，正朝这里走来，只听见人流中混浊的音浪：“那边不知是谁又上了十字架？”

“呵，一眨眼墙就贴满了！”

他随着人流来到工程建筑大楼脚下，满目都是这类标语：

××的言论与叶根无独有偶！

××和叶根一唱一和！

××的言论与叶根毫无二致！

××和叶根是一丘之貉！

人流不息，声浪不断，整个科学院成了翻腾的海。

不久前在林荫道上偷看叶根的那几个女同志，此刻也在人流中浮游，她们无所顾忌地大声议论着：

“又要动员人家放，人家放了又要批，搞什么名堂！”

“批还是好的，到时候就整！”

“我早就说了，人怕出名猪怕壮。叶根这下好了，成大右派了。”

“这是何苦，年纪轻轻的就上这个当！”

“年纪轻又怎样？年老的也照样上当。许教授都六十岁了，要放嘛，还不是自找的。”

梅躺在科学院医院的病床上，若有所思地望着窗外的垂杨。她刚才昏倒在地，是神经过于紧张，打针后已舒坦了，只是现在不想动弹。

护士小燕来查体温，量脉搏，梅拉住她的手，说：“燕子，你能帮我找个人吗？”

“谁？电话号码多少？”

“现在电话无法叫到。”

“那，我上哪里去找？”

梅左右顾盼了一下，轻声问道：“你认识叶根吗？”

“哦，那个小提琴家呀！现在到处都是批他的大字报呢。”

“我知道，你去叫他一下，把《牛虻》送来我看看。躺在这里怪无聊的。”

“好！不过有个条件，我也要看。”

“那就去吧，可别当着人叫哇！”

“怕什么？”

“不怕人家说你跟右派来往？”

“那么梅大姐你呢？”

“我只要他送书来，又不跟他谈别的。早跟他划清界限了。”

“得了吧你！”小燕啐了梅大姐一口，“你到底想不想我去帮你找？”

“好吧，去吧去吧，少啰嗦。”

“上哪儿去找呀？”

"我也不知道，去图书馆瞧瞧。"

大约过了半个小时，叶根随小燕进来了，他带来了《牛虻》，还有一挂香蕉。

梅支开了小燕，把外边大字报的情况告诉了他。他说我知道。梅说你赶快悬崖勒马可不能再放了。他说，是的，已经放得够多了。梅说，我真为你担心。他问，担心什么。梅说，你本来是很有前途的，现在这样一搞，都完了，当初真不该轻举妄动啊！他不认为自己是轻举妄动，也没认真考虑过鸣放的后果。

最后，梅大姐仰望着天花板，长叹一声，自言自语道："我不知道为什么要说这些，这些日子我总是心神不定。"

最近，风闻长江科学院"反右"浪潮甚高，叶根已成众矢之的，蒂兰决定去看望他。

她刚到院门口，就被贴满墙外的大字报惊呆了。叶根的名字比比皆是，并且都打上了红×。真像耶稣钉在十字架上，她想。

来到理化大楼前，见楼下会议厅里密密麻麻地坐了一两百人，正在开批判会。一个声音提到叶根的名字，像电流般触到了她的神经。蒂兰本能地走近一个窗口，一眼便望见了她心仪的人。

叶根就坐在大厅中间一张孤零零的写字台边，背对着这个窗户。会议厅里的人发现了蒂兰，这个美丽的混血儿谁不认识呢？连那个正在念批判稿的人也作了暂停。叶根感觉到了什么，慢慢地扭过头来，意外地与她目光相遇。

你怎么来这儿？他想问但没开口，上身挺了一下，似乎要起立。蒂兰睁着那双特有的蔚蓝色眼睛，关切地忧虑地注视着自己的朋友。

大会主席走到窗前，客气地问她道：

“你要找谁？我们正在开会。”

“我知道在开什么会。”她平淡地回答，“你们开你们的，我在这儿听听。”

主席未置可否，回到自己的座位。批判会继续进行，但人们的注意力已经分散，偷偷地把目光投射到混血儿身上。

会场上有的人原准备发言，突然改变了主意，似乎觉得当着眼前这个美人儿说些言不由衷的话很不光彩。也有人因为这样一个美女来探望右派分子而愤懑不平，因而更加迁怒于叶根。批判发言像断断续续的几声爆竹响过之后，变得沉寂。

主席瞟了一眼倚在窗口上的混血儿，尽力把模样做得端庄些，他向叶根问道：

“大家再次对你进行了帮助、批判，你该承认自己反动了吧？”

“如果这叫帮助，我表示拒绝；如果这叫批判，我有权答辩。”叶根说得轻蔑而缓慢。

“老实点！你这个右派！”有人指手画脚。

叶根横了对方一眼，唇边挂着冷笑。

“真是反动透顶！”

“顽抗到底，死路一条！”

“花岗岩脑袋！”

“罪该万死！”

“自绝于人民！”

蒂兰被激怒了，她两手紧紧地抓住窗栏，很想喊不许

你们这样，但她没有那股泼辣劲。这时，叶根从座位站立起来，他一手叉腰，一手向前挥去：

“不用歇斯底里！辱骂和恐吓不是战斗。你们以为这样就能改变我叶某的观点？民不畏死，奈何以死惧之？这是谁引用过的话？难道你们都忘了？”

他那鄙视一切的高傲神态，竟使得与会者像着了魔似地哑巴了。蒂兰热泪盈眶，在她眼里叶根不是受难的耶稣，而是叱咤风云的当代英雄。此时下班铃响了，主席宣布暂时休会。

叶根旁若无人地大步流星跨出大厅，蒂兰不假思索地迎上去，挽着他的臂膀并肩行走，穿过目瞪口呆的人群，出了科学院大门。

这天晚上，蒂兰未回家，叶根也没回科学院。他们躺在滨江公园的树荫下，草地上，叙着久别后的种种切切。

月儿悬挂高空，林间的夏夜充满诱惑和魅力，像美梦一般令人陶醉沉迷。周围一片安宁静穆，一对对情侣隐在半明半暗的树丛中，享受他们甜蜜幸福的时光。

空气里弥漫着花儿的香气，被清新的露水滤过后更加芳馨，荡魂销魄。蒂兰久久地凝视着叶根，就如凝视着自己心目中的偶像：才华横溢又善良正直；英俊秀美又勇敢坚强；热诚坦荡又冷僻高傲。她原以为这种人只能是梦想，不料在现实中而且就在身边眼前，竟然真正出现了。她不仅因那次在演出中与他邂逅、合作而庆幸，更以此时刻能在风浪里和他相依相伴而自豪。

在科学院“反右”斗争的高潮中，叶根的名字已由院刊升级到了市报省报，成为重点批判斗争的对象，这就惊动了许多亲戚朋友，其中当然包括蒂兰的母亲。她一而再再而三地劝诫女儿停止和叶根交往，但是毫无效果。蒂兰此刻像着了魔似的迷恋着叶根，稍一有空就像鸟儿朝他那里飞去。

这位在医院工作的美国人，也在接受审查。组织上怀疑她是外国间谍，她的丈夫，体院的国家教练，解放前是国民党的飞行员并留学美国，便成了双料货——右派加反革命。

此时此刻，蒂兰的母亲已是焦头烂额，而宝贝女儿居然还要添乱，摊上个上了报的大右派男友！她怎么办啊？既不便亲自去科学院找叶根，就只好跟他打电话。

当时是“反右”前期，“右派分子”在未正式结论和戴帽子之前，人身自由尚未剥夺，不然叶根怎能和蒂兰去公园里玩耍？因此，蒂兰的妈妈要和叶根通电话也未受限制。

“Hello,I sthat YeGen？”

“Hello,This is YeGen here.”此前他曾与蒂兰的母亲有过一次不愉快的交谈，既熟悉这声音也预感到不安。

“I'm DiLan's mother.Can you follow me?”

“Yes,please.”

“Well listen.I’dont think it's good for you to be friends。She likes you very much.”

“I see perfectly well what you mean.”

“Excuse me.I hope you won't see each other any more.If she meets you once again, please tune adeaf ear toher.”

“No,Ican't.”

“I beg you to…”

“Anything else？”

“I'm sorry……”

“Goodbye！”他烦躁地放下了话筒。

眼下，叶根参加大会的时间比以前少些了，组织上勒令他反省检查，并在实验室劳动，洗洗烧杯量瓶，抹抹门窗桌椅。

刚才蒂兰妈打来电话，像块沉重的铅压在他心口上。他自然地联想到《茶花女》中亚芒的父亲背着儿子去求玛格丽特的情景。

颓然坐在一张靠椅上，他呆定定地凝视着天花板。一颗母亲的心！他开始警醒。是的，蒂兰太年轻了。尽管他不能同意她母亲说的“她太年轻因而不知是与非”，但有一点是无疑问的：他若继续与她交往，只能带给她灾难。别说是蒂兰的母亲，就是他自己的妈也会站出来干涉和劝阻。

然而他又如何舍得？在最困难的时候，是谁给了他同情，给了他慰藉，给了他温暖，给了他勇气？是谁献给他那么热烈、那么坚决、那么珍贵和完美的爱情？

难于割舍却必须割舍的痛苦，只有亲身经历的人才能体会，梅就曾有过这样的体会，因此她非常理解叶根。那时蒂兰还未出现，她和叶根的关系已非一般。虽然彼此之间无任何出格的事，但周围的人都能看出，她对他的欣赏与关注不同寻常。

梅是个比较正统的女人，她一直深爱着自己的丈夫和孩子。丈夫不仅是博士出身的副总工程师，学历、职位在科学院均属一流，而且人品相貌出众。孩子聪明伶俐，虽然才五岁多一点，已能演算一些代数和几何题。她这个美满的小家庭令许多同事羡慕不已。

尤其是梅本人，天生丽质，自成风韵，年轻人显然把她当成了美的标本。她身材窈窕匀称，步态轻盈优雅，还得了个绰号——美人娇。这绰号由来已久，已不知出自何人首创，但十分贴切和巧妙。

梅并不姓梅，姓乔，全名叫乔稔梅。倒过来谐音便成了美人娇。开始别人这样称呼时她脸就一阵绯红，本来端庄秀丽的脸庞一经红染便更加娇艳。尽管她感觉不好意思一再坚持正名“梅大姐”，可人们不愿改口。这个绰号是那么形象，她亭亭玉立的身姿就跟那个美人蕉一个模样。念起来又有味又悠扬，久而久之，她也就顺从了旁人的习惯一呼便答应了，甚至连一贯只呼她为“梅”的丈夫江总，也不时在家中如此戏谑：“我们好一对江山美人呐！”

化学组年轻人不少，叶根却是唯一始终只称她“梅大姐”的同事，而且还是不愿主动接近她的一个下属。他生性冷僻高傲，常令她好奇，觉得这小子是个不同寻常的怪物。其实叶根内心里对梅的敬重和喜爱丝毫不逊于他的同事，然而他就是古怪，硬是不愿让真情实意流露出来。况且，他认为梅身边已围着那么多的崇拜者，自己又何必再去凑热闹？他还觉得梅像一位居高临下的贵夫人，而他历来对贵族之类抱有成见。别人高兴向她献媚是别人的事，他犯不着去巴结。

也许事情往往是这样：高傲生发着魅力，冷峻透射出奇美，叶根越是与她拉开距离，梅心里倒是越发跟他亲近。一天，叶根做完实验，交了报告正欲离去，梅说：

“下班后你干什么？”

“不干什么呀。”

“我是说，你除了拉琴之外还有什么别的爱好。”

“爱好嘛，挺多的。你干吗问这？”

梅微笑道：“随便问问。你平时看什么书？”

“看小说呗。”

“喜欢跳舞吗？”

“也跳，但谈不上喜欢。”叶根见她没完没了，干脆坐下来，“梅大姐，你今天兴致不错呀！”

“此话怎讲？我哪天兴致不好？”

“可从来没见你向我提过这么多问题。”

“你是不是不高兴？”

“哪里，我很荣幸。”

“好了，别耍嘴皮子了。说说你现在看什么小说？”

“《牛虻》。”

“你就像牛虻！”

叶根莞尔一笑，“何以见得？”

“我说得不对吗？”

“就算对吧，你观察人挺锐利的嘛。”

“看别人不敢说，看你大概能入骨三分吧？”

“不是入骨三分，是入木三分。”叶根纠正她。

“入木三分是指王羲之写字，入骨三分是我看你。”

叶根皱着眉头睁着眼，像发现什么稀有元素似的瞧着梅大姐。

“你真会狡辩！说说怎么个入骨三分？”他双手叉在胸前，注视着梅。

“说了你不生气？”

“说吧。”

“你呀，自负自傲，自命清高。”

叶根怔住了，好像从娘胎坠地以来还没有谁点过他的穴。他算是心服了而口却不服，连连摆头，“没这回事，其实你在说你自己。”

“我嘛，比你也好不到哪里去。”梅大姐爽朗地笑起来。

自从那次闲聊以后，他俩就成了好朋友。叶根欣赏梅的机敏，她喜欢听他讲故事。他能讲些什么呢？不是俄国的十二月党人就是意大利的烧炭党，或者法国巴士底监狱之类。反正，不论叶根讲什么，梅都听得津津有味。

同事们开始嫉恨叶根，认为他居然夺取了他们偶像的青睐，独占了这位高贵夫人的芳心，十分气恼。而梅也丝毫不顾及别人的感受，不加掩饰地与叶根亲近。

那时影院正放映法国著名影片《红与黑》，有好事者就公开说叶根像于连，话外之音梅就成为与于连偷情的德瑞拉夫人了。梅当然不高兴，却又不能遏止对叶根的情感，如果某一天叶根不在实验室，或者与她交谈甚少，她心里就好像有所缺失。渐渐地，她意识到自己真的坠入了爱河。

然而同时，她也在反省：是不是对丈夫失去兴趣和信心了？否！她仍然深爱着江总，江总于她是无人可替代的。但她又对自己说，叶根也无人可替代。他的高傲和睿智，他的孤独和清醒，以及他的忧郁和愤世嫉俗，都使他不同于一般常人。在她眼里，叶根不是于连，甚至也不是牛虻，而是现实中一个彻底的叛逆。

有一回，她和叶根在长江岸散步，就如一对情侣。她牵着他的手，任江风吹拂她的发丝飘起她的衣裙，既感到惬意又掠过一丝悲凉。后来，两人坐在沙滩上，凝视着天边渐渐隐去的晚霞和江中升起的渔火，梅抱着双膝喃喃自语：

“这究竟是为了什么呀？如果我现在还没有结婚，该不会嫁给这个小东西吧？”

叶根呢，朦朦胧胧，还有些懵懵懂懂。起初，他把梅当成朋友，而后又当她是姐姐，再后来姐姐也不像，似乎是心中的恋人。恋人也不可能啊！她毕竟是位夫人，还是母亲。

直到蒂兰来到他身边，他心中的恋情才找到了归宿。

自科学院庆祝晚会之后，叶根就和混血儿挽在一起了。每次她来找叶根，梅见了总不太舒服。表面上她对蒂兰热情礼貌，内心却似冰冷。叶根此刻一心扑在混血儿身上，没有觉察也无意思考梅情绪的变化，还跟往常一样跟她亲近无话不谈。梅只是静静地听着，不时也问问蒂兰的一些事，但不再跟他约会了。

不久，“鸣放”开始，尔后“反右”接踵而至。人们发现梅虽然已和叶根疏远，但思想观点仍倾向于他。原先，关于梅和叶根生活上的一些风言风语曾传到江总耳中，可江总从未在意，他脑子里根本不存在爱妻与叶根之间什么暧昧关系。直到“反右”浪潮汹涌，叶根的问题已上了省报，他才专门抽了个时间与梅深谈：

“我知道你很喜欢叶根这孩子，完全能够理解，他的确优秀，才华横溢。说实话我心里也十分器重他。但是得注意与他保持距离，运动发展太快，来势迅猛，他的问题看来不小，挺严重的。将来如何定性，什么结果，很难预料。你千万别感情用事，蒙蔽了理智，陷入政治旋涡拔不出来。我没有别的意思，就怕你受他的影响。”

梅十分感动于丈夫的大度和关切，他所说的全是肺腑之言。她向丈夫诚挚保证，尽力与叶根画清界线。然而保证归保证，思想归思想，情感上却是割舍不了。也正在此时此刻，她意识到要和叶根了断有多么艰难！她连自己都不愿相信：竟然爱叶根有如此之深如此之烈。

终于，批判大会给了她启示，蒂兰伫立窗外的神情和会后伴随叶根离去的情景，使她幡然醒悟：那个混血儿才是叶根真正的爱侣！她不但年轻、貌美、健康、充满活力，而且惊人的勇敢，能为他牺牲名誉、前途，乃至一切！而这一切她这个美人娇都无法做到无力承担。叶根应该爱她，拥有她，而非一个有丈夫、有孩子、有家庭拖累的女人。这么一想，她倒是平静了许多，心灵的创痛得到了缓解。

第三章

星期天的早晨，梅在医院走廊里徘徊，她似乎有些不适，挂了号，正在候诊。熟人们与她点头招呼，她却心不在焉，眼睛不时望着住院部的门口。

叶根突然病倒了，令人不解。小会大会批判那么久，他能吃能睡还能玩，健壮得像只小豹。如今很少与人交锋，只不过是写写检查，倒住进了医院，饮食不进，神思不爽，还时发高烧昏迷，处于半休克状态。医生说不准他究竟身患何病，只道受了很强的刺激。

“反右”领导小组鉴于他的问题不同一般，要医院对其隔离治疗，不许任何人与其接触。梅几次想去病房探望，终因慑于纪律而作罢。

近来运动逐步深入，已由批判转入揭发。叶根胡说“唯物辩证法是唯我变戏法”，领导认为，他很有可能与北大一个右派分子使用“否定之否定”的言论互相联系，进而怀疑他与那个右派分子及武大中文系某右派分子有关系。一旦这种关系被查实，他们就属组织活动。

叶根在批判会上还曾说过这样的话：“现在你们不准人自由公开发表不同观点，但无法阻止别人秘密交谈。”“反右”领导小组更加确信叶根有同伙，非把这些“秘密交谈”的人一个个揪出来不可。然而据叶根反复交代，他只是个人行为，与任何组织没有关联，既不认识北大的右派也不认识武大的右派。

领导小组当然不会相信叶根，但是除了思想言论相一致外，找不到叶根与院外右派分子来往的蛛丝马迹。于是便向叶根的同事好友周贵祥轮番发难，指望从他这儿寻找到突破口。没料到这个周贵祥极其顽固，无论“左派”们采取何种形式审问，他宁死不招。

最后，专案组对他施行疲劳审讯，一天二十四小时除了三顿饭和上厕所外，身边总有人跟他说教，逼他交代问题：叶根与他的关系，叶根与外界的关系，叶根与哪些人秘密交谈，叶根与他周贵祥秘密交谈过什么……

小周被磨得精疲力竭，神思恍惚。他知道这样磨下去将很危险，千里之堤，溃于蚁穴。万一回答出了纰漏，结果不堪设想。为脱身之计，他不得不有所表示，说点鸡毛蒜皮。反复考虑斟酌后，他讲了两三个不痛不痒的问题，对民主的看法，对批判的反感和对“反右”的认识。

其实这些都不是什么需要揭发的秘密，但毕竟算是小周的交代，而且符合客观实际。小周为了防范专案组对他与叶根各个击破，必须把自己交代的内容告知叶根，使其有所准备不致慌张出错，这叫串供堵口。可是，他怎能和叶根通气呢？如今不比运动初期，彼此都被隔离了。

经过冥思苦索，他在厕所里像中学生考试做夹带一般，写好一张密密麻麻的小字条，然后瞅准一个千载难逢的空隙，把字条交给了一个可靠的人。这个人就是美人娇，他明白叶根在她心中是什么地位。

今天，梅就是不顾死活冒天下之大不韪来充当秘密信使的。她这罪行一旦败露，将闹得科学院天翻地覆，而她本人及她一家子都无法收拾。

梅焦急地注视着住院部的出口，热切盼望护士小燕的出现。若在平时，她要找小燕大可不必如此劳神费力，直接进住院部去就行了，或者随便托人带个口信叫小燕出来也可。然而，人就怕做亏心事，梅从小至今，这样的事连想都不敢，现在却要冒如此大险。岂非难于上青天么？

“梅大姐，梅大姐！”门诊医生连叫了两遍，她都没听见。

看罢了病，取到了药，仍见不着小燕人影。她真是好生焦急：回去么？不行；再等会儿？令人奇怪。她决定了！不入虎穴，焉得虎子？

刚刚跨进住院部大门，从对面楼梯上下来一个漂亮的女孩，梅一眼就认出了她是混血儿！梅想招呼她，但她神情忧郁沮丧，双眼迷惘地望着前方，不理睬任何路过的人。

正在此时，住院部护士长追了出来，手里拎着鲜花和荔枝，对混血儿喊道：

“姑娘，请把这些东西带回去！”

蒂兰回过头来，毫无表情地盯着护士长。

“以后不要来了，叶根不能见你，也不愿见你！”

蒂兰眼里迸出泪花，转身飞奔而去。

“这女孩是谁？”梅故意问护士长。

“她呀，是叶根的女朋友。”

“她见到他了？

“哪能呐！谁也不许见。她已经来过三次了！”

“怪可怜的！你就不能通融一下？”

“梅大姐，您真会开玩笑！想让我戴顶帽子给您看是不是？”

“那，叶根知道她来过吗？”

“不知道。”

“刚才你不是说叶根不愿见她吗？”

“哎呀，梅大姐！您别打破砂锅问（纹）到底呀。”护士长压低嗓门，“领导这样吩咐的，明白了吧？”说完，她快步走开了。

梅的心一阵紧缩，她正想离去，也是无巧不成书，小燕护士走了过来。

“哎呀，我的美人娇吔，今天是什么风把你吹来了？”

皇天不负苦心人，梅差点喜出了眼泪，她把小燕拉到门外一个石桌旁，在树荫下如此这般地向她诉说和恳求。

小燕翻起眼睛，若有所思地说：

“这下好了，你冒这杀头的危险不说，还把小姐姐我捆在你的囚车上。好吧，咱们不求同生但求同死，到了鬼门关我再跟你讨账！”

她把梅安置在一个便于打招呼的地方，然后就在楼梯口等护士长。一会儿护士长来了，小燕迎上去，煞有介事地说：

“真烦人！9号病房10床的病人不信任我，说我手重，要您亲自跟他拆绷带！”

护士长被支开后，小燕便向梅做了个手势，两人于是悄悄地，迅速地来到了叶根的隔离病房。

“你快一点！”她对梅说，“我到那边望风。听见三下敲门声你马上出来，记住哪！”

梅推开房门，见叶根瘦了许多，脸色苍白形容憔悴，闭目躺在床上毫无动弹。她走过去轻轻拍着他的脸庞，俯身注视着他。

“是你？梅大姐！”他一下冲起来，又颓然无力倒在枕上。

“躺着，别动！”梅按住他的肩膀说，“我是冒险来的，马上就得离开，这是小周给你的条子，看过之后丢在厕所里冲掉。你有什么需要我做吗？”

叶根摇头，只顾着看字条。

门外响起急速的脚步声，梅紧张得屏息了呼吸，护士长来了！她想。一时找不到地方躲藏，只好僵在叶根床前，两眼发直地盯着门被推开。

突然，脚步声渐渐远去，只是什么人经过门口。梅这才记起燕子给她的暗号，一场虚惊已逼出了一身冷汗。

“哦，对了。”她悄悄而又快快地告诉叶根：“我刚才在门口看见蒂兰，医院的人不准她见你，她哭着离开了。”

叶根猛地拉住梅的手，不愿她也就此离去。

“别这样，护士长快回来了，她要是看见我在这儿，我就成了与你‘秘密交谈’的人啦。”

此时门上传来了急速的三下响声，梅不能再停留，便立刻推门出去。

走廊尽头燕子在向她挥手，她按照手势所指的方向，疾速消失在转角处。

自梅来过之后，叶根的情绪好些了，高烧也在减退。的确，人的精神因素往往能对疾病产生决定性的影响。鉴于他的体质十分虚弱，必须继续治疗和观察，暂时是不能让他出院的。医生和护士长因受上级吩咐，对他看得很严很紧，进进出出都摆出一副划清界限的尊容。

叶根既无人可聊天，也无杂志可消遣，整日就那么无所事事地待着。

也许，很多文学作品就是在这种状态下产生的吧？因为此时此刻除了体验和思索之外，别的什么都干不了。他尝试写点东西，当然只能是心写而不能手记。下面便是叶根住院时写的白话诗。

月牙梦
清清露水
绿了叶子
叶子绿了
又洗花刺

啊蒂兰
你给了我生机
又给我抗争的力
沉默说了千句话
甜笑露了忧伤

在这苦难骄傲的日子里
你焦灼的目光
时刻闪耀着希望
昨夜的梦使你哭泣
是否因为它太美丽

我但愿真有一天
长江饮了你的泪水
那么晶莹圣洁的泪
江心渔火
不曾使你注目
你的眼帘

挂着一层云雾
绚丽的彩霞
在夜空飘落
汹涌的波涛
在脚下流过

也许天明
我就离开此地
远远离去
你听不到音讯
让我们就此惜别
互道珍重
还把这凄哀的一瞬
永记心中

当月牙在爬进你的窗子
你将做光辉奇异的梦
那时候我不知道
你还会不会哭泣

因为它更加美丽

清清露水
绿了叶子
叶子绿了
又洗花刺
再见了蒂兰
再见了月牙在升高

当叶根在经受日复一日的批判斗争时，蒂兰常心神不安地做梦。她梦见自己孤独地坐在黄昏的长江边，江水流淌过她的泪眼。

这首写于医院的诀别诗虽然只是一种思绪，但他们的诀别却是命中早已注定了。就在叶根住院的同时，蒂兰的父母都相继被隔离审查。她爸是“历史反革命+右派”，她妈是“美国间谍”，这样一来，蒂兰的家实际上已不复存在了。她可以在有人监视下探亲，但已无法和父母共同生活。怎么办呢？而叶根则连面都见不着。

这个混血儿毕竟是个聪明的孩子，她不顾一切地住到叶根家里来。虽然叶根妈自己苦不堪言，不仅儿子被隔离审查，丈夫也在接受批判，但是她待蒂兰如亲生女儿一般。

本来，蒂兰就是她的掌上明珠，而这个混血儿呢，虽然生长于一个十分优越的环境，却丝毫没有娇气，不仅家务活帮叶根妈做得妥妥帖帖，还有一手剪裁衣服的技能。她把一些旧花布收集起来，拼成各种新奇美丽的图案，为叶根的妹妹制作了件件漂亮的衣裙，别说小姑娘们有多兴奋，连十分挑剔的叶根妈都赞不绝口。

不久，叶根的问题有了结论，划为极右分子。如此结论的人都开除工作，送去劳动教养，但叶根竟然受到了宽大处理，工作籍保留，交群众监督劳动改造，指望他将来再回科学院。

所谓监督劳动改造，并非待在机关，仍然要流放，只不过流放地点与劳教处有别而已。流放前几天，领导上让他回家作些准备，听候通知。

他一见母亲变得那么憔悴，心一酸眼泪就夺眶而出，叶根拥抱着父母亲、弟妹和蒂兰。得知父亲和蒂兰的父母都在劫难逃，更加黯然神伤。

由于叶根的父亲是名教授，在旧社会又一尘未染：不仅没有入过三青团国民党，与任何三教九流都无瓜葛，便成为他所在大学里“反右”后唯一免于处分的人。处分是免了，右派帽子仍需戴上，并且监督劳动也是逃不了的。

回家后第二天，叶根提议带蒂兰去照张相，留作纪念。他似乎有所预感，这次和蒂兰分别将是他俩爱情的终结。她紧紧挽着他的臂膀，和他并肩走在繁华的街上。

“好漂亮的一对！”旁边的人说，停下来久久地注视着。

接着后面就有一拨又一拨的人跟上来，无论男女老少都对眼前这两个青年产生兴趣和惊奇，有的还快步绕到叶根蒂兰前面去，不加掩饰地盯住他俩瞧。

那天叶根和蒂兰着了他俩最考究的衣装，瞧！他那笔挺又笔直的绛色西裤，覆在一双锃亮的流线型黑皮鞋上，上身穿件半长的深灰呢外套，大衣领上露出鲜明的衬衣白。蒂兰的衬衫是粉红格子花，翻在浅黄的法兰绒西服上。下身是蓝灰牛仔裤，脚上是一双白色的网球鞋。当他们来到著名的照相馆显真楼时，喜坏了又忙坏了那儿的摄影师。

两人神情凝重地并排坐着，摄影师不停地建议：“笑一笑！能不能带一点笑？”

他俩就是不理，或者说实在笑不出来。摄影师正犹豫不决时，蒂兰伸出双臂，从肩上将叶根搂住了。

“好！好极了！就这样。”摄影师按了快门。

当时是五十年代，这位摄影师还从未拍过一张如此大胆、充满浪漫色彩的照片，那时没有彩色胶卷，摄影师把这张照片放大成几十寸，然后精选油彩，细心涂上，一直摆在橱窗里达十几年之久，直至“文化大革命”才取掉。

这张照片具有特殊的魅力，不仅因为两人容貌俊俏，还由于当时特有的人物气质，叶根的每个弟妹乃至他的一些朋友都人手一张。拨乱反正以后，此照片登载于2006年1月《文艺报》和《人民日报》共同编选出版的《艺术人生——中国往事》书刊内，至今可查。

那时他俩照完相，已是下午四点多钟，蒂兰不想马上回家，也不想在街上溜达，两人便去以往游玩的老地方。他们从蛇山脚一步一步地走向山顶，几乎没有说什么话。

这座位于武昌首义广场上方的山并不高，其实也没有顶，只是一段突起地面的平台和长廊，隔开了左右两条大马路，从大东门蜿蜒至长江岸，很像袅娜前行的大蛇，因而得名蛇山。

那天山上除这一对少男少女之外，没见别的游人。蒂兰拽着叶根的胳膊，靠在他的身上，一歪一斜地挪动着脚步。叶根挽着她的肩膀，不时侧过头去亲吻她那乳白透红的脸。

来到山的尽头，对面龟山遥遥相望。龟山下的归元寺想必正在做佛事，他们似乎能听见庄严神圣的木鱼声在心中敲击。叶根挽着蒂兰立在山头，凝视着山下浑浑浩浩的

长江，波澜不惊，涛声不响，慢慢地向东横流。

“我要跟你一起去。”她躺在他的怀里。把他的一只手压在自己的心上。

“去哪儿？”

“你流放的地方。”

“我去哪儿劳动改造，连自己都不知道。”

“不管哪儿，我反正，一定要跟你走！”

叶根轻轻抚摩蒂兰脸颊，苦笑道，“别说傻话，那地方不是你去的，我是去受苦受难，你去干什么？”

“我去照顾你陪伴你呀！至少可以帮你洗衣服。”

他柔情地注视着她那双执着天真的蓝色眼睛，爱抚着她那娇美芳香的温暖躯体，默默地摇头。蒂兰使劲地把叶根的头紧抱在自己的胸口，不停地吻他细密的卷发，不停地固执地说：

“我不管，非要跟你去！不管你答不答应。”

叶根坐直身子，把蒂兰扶起来。她两手勾住他的脖子，让自己的脸贴在他的脸上，哭了，热泪粘住了两张脸颊。他掏出手绢替她拭干，一只手从后面紧紧搂住她的腰肢，又把她拥入怀里。

“你不能去，听我说，那儿都是犯人，监管我们会十分严厉的。别说你还是个小姑娘，就是成年家属也不允许陪在那里。”

叶根再次替她抹泪，望着脚下深不可测的江流。

“我这一去是什么结局，能不能回来都不知道，都很难说。退一万步讲，即使人家让你留在那儿，算什么呢？当我的殉葬品吗？”

“那，你会死吗？”

“我当然绝不会自己找死，不会自杀。你相信我！但监督劳动是什么情形，我不清楚，从没经历过。也许我能熬过这一关，但真的很难说。”

“不行！我回去跟伯母说，你要死了，我也跟着。”

“妈更不会答应的！好了，你爱我就听我的话，我不说要你把我忘了，只希望你好好地生活，好好读书。人生在世除了爱情不是还有更重要的事么？”

“你这样说是不爱我了？”

“哪能呢？你是我今生今世最心爱的女孩，没有谁再能超过你。你的美丽，你的温情，你的勇敢，你的一切！我宁愿你是我的一个妹妹，你就跟我妈长住一起多好，嗯？”

他们在蛇山待了很久，天已经晚了，西边的云霞被落日染成了金红，绚丽而迷人地缓缓游荡，也在飘落，好像一幅彩绘渐渐收卷画页，一支乐曲渐渐临近尾声。叶根记起住院时写的那首诗《月牙梦》，便轻轻念给蒂兰听：

也许天明
我就离开此地
远远离去
你听不到音讯

让我们就此惜别
互道珍重
还把这凄哀的一瞬
永记心中
……

直至夜色苍茫，这一对情深似海的少男少女才强咽下无边的离愁，噙着滚烫的泪花，凄别了他们青春美梦的陪伴——蛇山。

第四章

他费力地睁开眼，很奇怪，发现自己躺在一张洁白的病床上。天花板是蓝的，周围的墙是蓝的，全是宁静悦目的天蓝。

他非常虚弱，撑不起身体，却有一种从未经历过的轻松与舒坦。显然，这个年轻人从他生活的世界来到了别一番天地，这天地于他是何等惬意与安详。

病房比他在城市见过的宽敞些，共放四张床。除他之外还有两个病人：一个干部模样，一个像农工，余下一张床空着。

病房外面浓荫蔽天，槐树散发着阵阵清香；室内窗明几净，地上一尘不染。他竟产生了一种莫名其妙的感觉：这地方似乎不是他应该待的。

“你总算醒了，嗯？”门外走进来一个小护士，白衣白帽，连脸和手都是白皙的，真是白衣天使。

她弯腰俯身给他打针，喂他服药，一股沁人心脾的气息扑面而来，仿佛是她身上流淌出来的甘饴。

她纤细的手指那么轻巧，那么柔软，不禁使他想起自己挖塘泥开河渠的那类动作，两者是何等鲜明的对照呀。

小护士挺起身来，用她那覆在浓密睫毛下一双秀丽的眸子斜睇了他一会儿，转身走了。婀娜娉婷，就如风吹杨柳。

过了片刻，她又飘回来了，给他送来蛋糕和牛奶，两块蛋糕一杯牛奶。不到三分钟，被他吃得一点不剩。

那下放干部模样的病友，不跟谁说话，挑起双眉，兀自翻看一本不厚不薄的小说。那位像农工的病友，开始和叶根搭讪。他果然是三五农场的一名工人，但与叶根不在同一个分场。

农工病友看来心思不深，口齿不慢，他兴致勃勃地告诉眼前这位青年——他以为他是上海知识青年：

"昨天你是怎样进来的，还记得不？你们上海学生伢真是不错呀！一大群扛着个门板，你就睡在门板上。还有几个女伢跟在后面哭。他们跟医生说，你栽完了最后一兜秧，倒在水田里就昏迷了。"

叶根艰难地转身向着农工，伸张耳目像在聆听别人的故事，又像在回忆自己的情景。

"喂喂，少说话，特别是你。"小护士走过来，摆平这青年："你恢复得不够，闭上眼睛，好好睡觉。"

叶根一点气力没有，可是睡不着。

他半闭着眼，看着立在身旁这位美少女：长长弯弯的眉毛，闪闪亮亮的眼睛，画在一张平滑的瓜子脸上。那鼻子和嘴唇不大不小，正合比例，就像雕出来的。

小护士从他神态准是发现了些什么，似笑非笑地横扫了一眼病房，又飘然离去。

农工病友不作声了，看小说的那位已打起了呼噜，其声轻重缓急节奏均匀，与窗外树上的知了互相唱和。

喔！那是令人难以置信和设想的农场“双抢”季节！

工人、干部，以及城里来锻炼的下放干部、接受改造的右派分子，浩浩荡荡的劳动大军投身于烈日炎夏的割谷栽秧战场。与天奋斗，与地奋斗，与人奋斗，其乐无穷。而其中真正乐无穷者恐怕还算右派分子这一撮。

叶根是这一撮里最年轻的一个，二十岁刚出头，正当棒劳力。他与一个原空军驾驶员席飞扬、某地勤营长老方同编在一个突击组内。

席飞扬三十一岁，下中农出身，身高一米八，是干农活的多面能手。老方三十四岁，贫农出身，干活技巧虽不如席，其干劲却在众人之上。这两位解放军里的右派原先都是优秀党员，来农场前都被开除了党籍和军籍。

不过，话说回来，尽管如此，他俩在实际上并不算少的“一小撮”里面还是比较香的，也真正是能吃苦耐劳的。因此据说，将来第一批摘帽子的人就有这两位。

叶根呢，年纪轻轻就赶上了右派这列车，也因为他成分较好，家庭自由职业，个人学生出身，没有“杀、关、管”的社会关系，加之摘帽心切，干活拼命，特别是年轻，领导说脱胎换骨也是有希望的。监督劳动小组从不忘照顾他，总是把他派往最累、最脏、最危险的第一线。

“你们这个突击组就要像个突击组。”领导用命令的口吻吩咐：“定额是每天插秧三亩，平均每人须完成一亩。扯秧、运秧、插秧都由你们三个包干。插秧的要求跟大家

一样：株距三寸，行距五寸，不合规定就返工重来！”

如此密植要求，别说三个人，就是十三个人在烈日似火的水田里也难达到，就是农场熟练的工人也没这个本事。叶根他们一听简直像热锅上的蚂蚁慌乱不堪。

但是为了完成全场的最高定额，为了不负领导的垂青与厚爱，他们这个突击组别无他法，只有把命豁出去了。

老方、席飞扬和叶根，每天凌晨三时下田，坐在那种特制的可于水中滑行的小木凳上，以最快的速度，面向漆黑的秧田板块，摸索、荡涤、扎成一个又一个秧把，除六只手搅动的水声之外，别无任何音响。

“他妈的！”谁听到这咒骂，准知道席飞扬又被蚂蟥叮咬了。

老方不骂蚂蟥，只重重一巴掌拍在小腿上。

而叶根既不骂也不拍，他无声地掐住蚂蟥或水蛇，扔出老远。但那些东西老也远不了，总在他们身上骚扰。

一口气插秧把直到天光，已是七点左右，老方和叶根便去大田，各人顺带一担秧苗，留下席飞扬独自在原地继续扯秧、扎秧把，以保证供应。

老方和叶根从早晨七点开始，埋头弯腰一直要插到日落黄昏。他两人不止各完成一亩，实际上每人须插一亩半左右，才能把席飞扬那一份定额顶下来。

之所以让席飞扬专扯秧、扎秧带运送，一则因为他扎的秧把质量较高，根须整齐；再则他个子一米八，整日弯腰在大田更不堪累。好在突击组三人都能相互体谅，这样分工没有异议。

到了中午十二点，农场派人送来馒头稀饭，饮食倒无定量，突击组总是狼吞虎咽罢便四肢一伸，摊在热气蒸腾的田埂上，抽一根大公鸡牌香烟，用草帽盖住了蓬头垢面，立马便响起了日复一日单调无变奏的鼾声三重唱。

在田埂睡多久，也无人规定，农村有“不拗昼”的说法。然而每天包插三亩田，这是领导甩给突击组的硬指标死砣子，完不成是叫天不应地也不灵，谁也助不了一臂之力。

因此一到下午两点钟，火球般的骄阳正扬威头上时，老方就先下田了，他从不叫醒尚在熟睡中的同伴。可总是心有灵犀似的，每当老方下田不过十分钟。叶根便会突然醒来，随着，飞扬也赶紧去挑运秧把。

这三个铁打的汉干到下午六点半，仍然是场部为他们送来晚饭。饭后休息一小会儿，八点钟三人便走回秧苗田，又开始了扎秧把的活。

直到深夜十一点，才拖着疲惫不堪的躯体走回营房，几乎没抓到床就一头扑了下去。

刚睡三小时，又到了次日凌晨三点，一切又原样重复。

如此这般地每天十七小时超负荷运转，整整六十天两个月！

“还没有退烧呢。”小护士用她那沁凉的手触摸叶根的额头和脸颊，柔声地说：“不过，比刚来时颜色好多了。”

刚来时自己是什么颜色，叶根不知道，也没询问。他想，无非是苍白或乌黑。

住院已一个星期，他还没与谁正式交谈过，顶多也只是回答别人的提问，一问一答。这期间监督劳动小组派了个人到医院来，替叶根办完住院手续就走了，没向医院多说什么，也没和叶根打个照面，连“好好治病”之类的话都没留下。

医院的医生和护士都认定了叶根是个下放干部。当然是的，瞧他那样，肯定不是工人；年纪这么轻，也没谁往右派一小撮想。

至于那个小护士，大家都叫她小丹，除了误以为叶根是下放干部之外，还把他当作自己的一个特护病人。

为什么？道理很简单：她眼前这个病号自从入院以来至今尚未确诊，内脏似乎没有毛病，然而身体十分虚弱。据送他来的上海学生说，“双抢”突击两个月，他从未下过火线，也从未病倒，耐力惊人。

别人插秧久了，腰疼得无法直立起来，像要折断似的。而他在水田里伸一个懒腰，浑身骨头节节作响，一切疼痛、酸胀、疲劳便会随响声排出体外，接下来他又能埋头弯腰干上好一阵子，无人能赶上他的速度。他已成为三五农场闻名的插秧能手。

然而谁也不曾料到，在即将庆祝“双抢”战役告捷之时，他头发晕，眼发黑，“扑通”一声昏倒了泥水中。

其实，人人又都明白：在那种日夜超负荷、超强度的劳动中，生长于大城市的叶根，身体早已无法坚持与支撑了，之所以还一直未退却和倒下，挨到了最后，也许是一种意志力量，也可能是无任何退路而对命运的屈从。当感觉告诉他苦战行将结束时，那紧绷的弦便出现了松脱。

“你那么关心他就因为他是把劳动好手？”

护士长神秘而兴致盎然地望着小丹，半开玩笑地说。

“那你说为了什么？”小丹有点严肃。

“这小子看上去倒蛮机灵的。”

“看上去蛮机灵，你几会看啰！”

“长得也不错。”

“是长得不错呀，你到底要说什么？”

护士长笑而不答。

“还说别人！我才没你那么关心。”小丹不怕护士长，这位上司也不过三十来岁。

“关心好哇！就是要你关心病人哪。”护士长一本正经起来，但眉眼间明明露出狡黠。

“好了好了，不跟你说了，我现在要去查房。莫以为我不知道你心里装的什么坏水。”

小丹身材修长，亭亭玉立，气质带有某种傲慢，似乎神圣不可侵犯。她向来对病人不苟言笑，一是一，二是二，也不与任何人套近乎。

自叶根来医院后，不知她哪儿生出一番柔情，也爱笑了，也爱说了。尤其是到病房去照看他时，心里充塞着喜悦，脸上流溢着温馨，使得叶根同室的两位病友，颇有一些古怪的想法。

如今，她每次为叶根端来半流汁食物、糕点都是两份。干部病友不平则鸣：“小丹护士，为什么他多吃一份？”

小丹转过头来，先是杏眼圆睁，接着似笑非笑地说：“为什么你不跟他生一样的病？”接着又横了那干部一眼，从此没人再争食。

同房的农工病友，从一开始就对叶根有好感。他没什么大病，只是中暑，快出院了，平时爱跟叶根聊天说笑话，这时，他又走过来，坐在叶根床头，闲侃起来：

“我们分场下放干部不少，还真有意思。那天下雨，都没出工在屋里开会。有个老王叫做屁王，最会打响屁；还有个老金叫屁精，专打臭屁。会开到一半时，“噗”的一声，蛮长的一个响屁，打得有轻有重，大家都拿眼瞄着老王。

没想到老金倒说话了，他就坐在老王旁边。

‘对不起，同志们！这个屁是我打的。’

同志们都莫名其妙，想笑还没来得及，老王偏过头，对身边的老金哼道：

‘伙计，你是个屁精，怎么打得出响屁来？真是瞒天过海，贪天之功。’”

叶根笑得头直向后仰，不解地问：“他俩为什么要争屁呢？”

“嗨，这不明白？争的是响屁，也就是争屁王的名分，不愿当屁精！”农工病友拍着巴掌说，见叶根听得高兴，很是得意。

“屁王比屁精是不是好听些？”

“那当然！屁王打响屁，响屁不臭；屁精打臭屁，臭屁不响。”

看小说的干部病友，带着不屑一听的神情，朝这边斜了一眼，然后翻身面对墙壁。

“你说说，这下放干部什么人物没有？”农工病友以此补充，作为故事的总结。

小丹端着药盘进来，有些惊讶。

“什么事这么开心呀？”她见农工走回自己的病床后转向叶根，“还从没见你这样笑过，你们讲什么？”

“随便闲聊闲聊。”

“看来你今天精神不错。”

“这多亏你的照应呐。”

小丹突然瞥见叶根的右手，五个指甲都呈黑色，她抓起来仔细观察，全剩半块，没一片是完整的。

“怎么会这样？”

叶根本能地把手缩回来，藏在被窝里，难堪地说：“插秧插久了，指甲腐烂了。”

小丹满怀怜悯地注视了他约半分钟。

“来，让我看看，也许该包扎一下。”

她把那一双与他面容不协调的、粗糙残破的手从被窝里拉出来仔细观察了一会儿，就去取来药膏纱布，十分认真地把叶根的手指头消毒、涂药，然后一圈一圈地包扎好。

“你为什么不早说？”

“这，”叶根嗫嚅着，“不好意思麻烦。”

小丹瞟了他一眼，“什么叫麻烦？你是病人呐。”

他可能认为：发烧昏倒才是医生护士要治的病，至于手指甲腐烂的问题，那就不值一提了。实际上在夜以继日的劳动中，小病小痛就从未断过，有哪个劳动改造的人把它们放在心上呢？

自然而然发自内心的感激之情，使他想说点什么却什么都说不出，只是呆呆地看着这个大约小他一两岁的护士，嘴角勾出一个腼腆的微笑。这微笑虽然腼腆，然而露出了全部的善意和真诚。

这种微笑于叶根来说真是久违了，劳动改造的日日夜夜，年年月月，他何曾如此笑过？哪时哪刻不是对着命运紧闭双唇，咬着命运随时会降临的磨难和痛苦？右手的五个指头烂了，算得了什么？他压根儿没把它当回事，谁也没把它当回事。右手伤了，他改用左手插秧，两只手竟同样地麻利和敏捷。

天天在一块劳动的“一小撮”，无不惊奇：这个生在城市长在城市的青年怎么这样会插秧？从哪里学来的这手绝活？

其实原因很简单，插秧快全靠分秧快，而分秧靠的是手指灵活。叶根流放前曾是一名不错的小提琴手。

流露在叶根向来冷漠脸上的笑容，就如严冬过后第一朵报春花，尽管还没绽放却非常鲜活。这难得一见的微笑使他整个人都呈现出一种光彩。

小丹被叶根感激而炽热的目光弄得有点难为情，脸颊升起了桃红。她手忙脚乱地收拾好医具便朝室外走，在转身关门的一刹那突然对叶根回眸一瞥，这深沉的一瞥连同室的病友都明白了那无声的语言。

哎，明白了又如何？除了心怀感激之外叶根还能怎样？他无时无刻不在提醒自己：好好改造，重回人民怀抱。这不仅是党对他的严格要求，也是亲人对他的殷切期望。他现在的改造和表现已有目共睹，已取得了不小的成绩。

远的不说，最近“双抢”战役中，就有一些农场工人情不自禁用大红纸贴出海报，表扬他的劳动干劲和效率。虽然海报贴出不到半小时就被下放干部撕毁了，但群众对其好评却是不胫而走。

尤其是新轮换来的下放干部领导，待他客气还友善，对别的右派直呼其名，唯独叫他“小叶”。有时收工后心血来潮，还要叶根拉拉二胡，或与另一个“同右”老丁唱段京戏《二进宫》什么的。

可以这样讲，除了不能让他上光荣榜之外，其他方面都没怎么把他当敌人了。也正因为领导如此宽大为怀，叶根就要求自己更加谨慎，他不允许自己在改造中再出差错，他将不能原谅自己在改造中出的任何差错。

三五农场有不少失学青年，他们来自上海。当时还没有“知青”的说法，一般都称呼为上海学生。这些学生初中毕业的占大多数，少数高中毕业。政府把这些社会青年分配到农场来的目的，是让他们参加农业生产，并在劳动中自食其力。但上海学生大多对此无兴趣，挣的劳动工分充其量只能糊口，经常要家里寄钱来。农场上自领导下至工人，对这些远离家乡的娃娃们比较爱护和宽容，任他们干多干少从不苛求，基本上不给他们定具体的指标。

上海学生聪明而懂事，尽管干活像混日子却从不滋事。他们不跟下放干部来往，也不跟河南民工交朋友，同时也不与这些人闹纠纷。不论男女，不论大小，也不论生熟，只要听见相同的口音就分外亲切：“阿拉上海宁”。

这是一个特殊的部落，部落里的成员有乐同享，有难同当，外人想涉足其中，会遭到排斥。

然而叶根，是个唯一的例外，上海学生几乎全体把这个正在改造的右派分子当成了自家人。这可能有多种因素：一是叶根与他们年龄相近。二是叶根会讲上海话。三是同情、怜惜他的遭遇。除了这些，也许还有什么，但是最先的缘起，是来自河南民工对叶根的宣传。

第五章

那是1958年初春的一个清晨，寒风凛冽，空中雨夹着雪。叶根穿了件旧棉袄，背了个被包，按上级两天前的通知，独自来到一个指定的地点，上了一辆有篷的大卡车，去三五农场劳动改造。

卡车里密密麻麻，黑压压地坐着一大群人，个个神色沮丧。他们是下放劳动锻炼的干部，其中有人曾见过叶根。没见过的也曾听说过他的名字，因为他是上了省报的大右派。

叶根一爬上车，就感到一股莫名的压力，比寒风还要刺骨。他就坐在车尾，面向车外，然而仍能觉察到有人在他背后指指划划，并带着窃窃私语。他不敢回头，只当什么也看不见，什么也听不见。

车开动不久，人们似乎安静了，他们笼拉着脑袋藏在竖起的大衣领子里闭目养神，有些则闷闷地抽着香烟。

叶根被冷风刮得难受，便将头埋进臂弯里。一会儿，他记忆中闪出许多人和事；一会儿脑子里又纯然一片空白。

他看见了自己慈祥的母亲，在去年一个夏季里，在“反右”的提心吊胆中，身躯变得多么瘦弱，面容多么憔悴。

一个星期天，他从科学院回家。一进门见母亲正戴着老花眼镜，在看报纸。母亲神情严肃而忧虑，叶根快步走近她身旁，不安地注视妈妈的脸。

她把儿子拉至膝下，将他的头抱在怀里，用手轻轻抚摩着他的卷发，柔声地说：“根子，你不要害怕。不管遇到什么都要挺住。无论如何都要挺住！”

叶根无言以对，只觉得让母亲如此担忧，内心十分愧疚。

“你爹仍在挨批判，每天都不得安宁。学校的大字报我全看了，上面不光说你爹，把你在科学院说的话也弄上去了。还说你爹受了你很大的影响，真是滑稽！”

母亲接着说，“你爹说的话我看没什么错误，你也没错！这是一场灾难，总有人会遭难的。遭难的不只你们父子俩。”

她立起身来，边说边走向厨房。“大不了坐几年牢，有我还有你的弟弟妹妹，我们两边送饭。”

车外雨雪纷飞，车内烟雾缭绕，有一阵子他什么也不想，任汽车在湿滑又崎岖的道路上颠簸，看来已离开城市驶入农村了。

突然，他设想自己正去的地方，不知是个什么模样，不知自己会在那儿待多久，也不知将是一个什么结局……

唉，想这些实在多余，走一步看一步吧。他努力排开这种思绪，接下来又是一片空旷。

眼前的树木不断向后移动，远处的山峦似乎在环绕前行……

大约走了四个多小时，卡车在上午十点半到达了目的地。

雨雪已经停了，可太阳还没露脸，车上的人一个挨一个地下来，迎接他们的是一片热气腾腾的运肥工地。民工们在一个大空塘里挖塘泥，许多人赤脚赤膊地担着塘泥来回穿梭于田埂上。

随着一声哨响，下放干部们集合整队了，冒出一个粗眉细眼四方脸的人，当着大家厉声对叶根说：

“叶右派，你就在这里担塘泥。老老实实，不许乱说乱动！”

说罢，他带领那一群下放干部离开工地到场部办公室去了。

叶根一时有些麻木，但很快便清醒地意识到，这里谁都可以命令他，监督他，可以对他指手画脚。他真正懂得了什么叫右派，真正的改造开始了。

现场的民工都目睹了这一幕，不用作任何解释，谁都明白了眼前这个年轻人的身份。他们略带几分好奇地打量着他，既无什么恶意，也没什么善意。既不仇恨，也不友好。

叶根把背包搁在路旁，捡起地上一根扁担和一对土箕便走向塘边。一位挖塘泥的大高个民工，熟练地用长把锹左边一下，右边一下，然后中间一下，就像切豆腐似地把一大块半干半湿的黑色塘泥撂在叶根土箕里。等两个土箕都装满后，叶根便担起来。

嗬！可他万万不曾料到，这一担塘泥竟如此沉重！压得他直不起腰来。

他屏住呼吸，鼓足一口气，勉强站稳了，两条腿却动弹不得。一霎时眼里金星直冒，浑身炸汗直淌。他顿时如临深渊，如履薄冰，从上到下颤抖不止。

挖塘泥的民工停下手里的活计，注视着这个他们所谓“犯了错误的人”，既没嘲笑也没表示同情，脸上是一色的冷漠。

挺住！无论如何得挺住！

他耳边只有母亲这句嘱咐，并暗自呻吟：这是要命的考验，求菩萨加持！

他咬紧牙关，聚集力量，开始一步一步缓慢地在田埂上挪动双脚。

艰难啊！从未有过的艰难。好在他没有趴下，他不能趴下。

真是靠了菩萨保佑，他总算战胜了恐惧，战胜了虚弱，战胜了极限，硬是把一担肥料扛到了大田里。

释去重负后，叶根索性把棉衣脱了，把球鞋也脱了，可能是看见那么多民工担塘泥时，赤脚又赤膊健步如飞，得到了启示。当他把第二担塘泥上肩后，鼓足了劲试图使步子走得顺畅自然些。尽管汗如雨下迷糊了双眼，却阻止不了他一往直前。

不巧的是，刚在田埂上走了不到三十米，他那一双白嫩的光脚板镇不住湿漉的泥泞，左溜右滑，跌跌撞撞，说时迟那时快，一个踉跄连人带土箕摔进了田洼。

民工们不由得“咦”了一声，不知叶根听没听见，反正这“咦”声有点异常，它表露出某种关切。叶根浑身上下包括嘴脸都涂满了泥浆。他顾不得揩拭，在田里把掀翻

了的土箕扶起来，有一个土箕里的塘泥滑掉了，他摸索着，在水田把那滑掉的一块端着——简直是怀抱着把它放回筐里。接着谨慎而坚实地一步一个泥印担向目的地。

当他再次来到塘边时，迎接他的是民工们和蔼的笑脸和钦佩的眼神，大个子要他在旁边坐下，拿过一双草鞋亲自帮他穿上。

“你没打惯赤脚，不能那样。穿上草鞋就不滑了。”

叶根注意到，这大个子龙眉凤眼十分英俊，膀大腰圆，身高足有一米八五。他像大哥对小弟那样，用毛巾擦去叶根嘴角的泥浆，拍拍他的肩膀说：

“小伙子不赖！慢慢来，开始少担点。”

看来，他还是民工的一个头领，当时不少人都围过来对叶根表示亲善，用十分慈祥热诚的目光端详着他。

大个子名叫秦则刚，再给叶根上塘泥时减去了三分之一。即便如此，担上肩至少也有八十斤重。叶根穿上草鞋，起初稍感不适，草鞋有些卡脚，但走了几个来回之后就觉得非常舒服了。加之肩上重量减轻，他行走时实际是在小跑。

叶根的兴奋难以言喻，与其说是兴奋，毋宁说是解脱。从一小时前的惶恐不安到此刻勇气倍增，他心里的愁云惨雾随风吹散，有一种从此岸到达彼岸跨越时空的快感。他深深知道，自己闯过了这头一关全靠意志力量，全靠菩萨加持，全靠民工友爱。

快到午饭时分，也没一个下放干部来叫他，他就随民工们一块坐下来休息。

“你犯了啥错误？”秦则刚问。

“说了一些反对毛主席的话。”

“嗬！你咋能反对毛主席呢？毛主席是你能反对的

吗？”

叶根低头不语。

秦则刚话虽那么说，但见叶根诚实，也没对他怎么责难。

“你们城里人犯了错误就下放到俺农村来”一个胖乎乎的民工插话，“俺们要是犯了错误下放去哪儿？”

另一个民工接腔：“干部犯了错误就劳动改造，俺没犯错误，也是一辈子劳动改造。”

工地上民工们你一句我一句，七嘴八舌，自由泛滥。这都有资格划成右派言论，叶根暗自想。不过这些人谁也不会被划成右派的，政策规定了：不在工人农民和中学生中划右派。

郭沫若说得更好：有罪者言者有罪，无罪者言者无罪。知识分子在大鸣大放时都成了有罪者。

为了避免误会与麻烦，叶根有意将话题岔开，一摆手，便与秦则刚拉起了家常。谈话中他了解这些民工大多来自河南，家乡干旱，没什么收成，因而来此打工。今天这里明天那里，干完一处便转移，很像草原上的游牧民族。

这时，终于来了个年轻的下放干部，叫叶根背上行李跟他去场部。

叶根被领到一个工棚里，原来是个大寝室，乱糟糟的人群中，有的正捧着饭盒在吃午餐，有的在洗脸洗脚，有的在抽烟喝茶。屋里的人脸上少有表情，一个个像木偶。

叶根随着那下放干部的手一指，把行李放在靠里面墙那一排通铺边。凭着他的直觉，坐在或仰在这排统铺上的人都是下来劳动改造的。这些人年纪偏大，一般在四五十岁左右，形容举止比较斯文，目光也较平和；与这排统铺面对面的是靠门墙的另一排统铺，和叶根同车来此的那批

下放干部就全在那一边。

不错，连睡觉都有人监督，叶根边整理自己的铺位边如是想。他被安置在一个角落里。

四方脸端着饭碗撇着胯子晃了过来，边砸巴着嘴边对叶根说："吃饭在食堂里打，吃完跟大家一起出工，还去那里担塘泥。"

工棚里的人倾巢而出，带着铁锨挑着土箕来到叶根上午干活的那片工地。因为和民工已熟，也因为惯性，他依然入了秦则刚那一伙。民工们笑吟吟地问他吃了吗，他说吃了。又问累不累，他说还好。

劳动锻炼者与劳动改造者泾渭分明，各在一边，跟河南民工们三足鼎立三分天下。叶根在民工群里干得很带劲，脚踏草鞋，身穿衬衫，在田埂上来回奔跑的热情就如参加运动会一般。

说来也是，上午当他初始举步艰难时就曾告诫自己：这是要命的考验，无论如何得挺住！他想，到这里来就是整天劳动，除了劳动还是劳动，姑且把这儿当个体育学院，把身体锻炼得结实强健。

然而同时他也明白，劳动毕竟不是体育，尽管两者都要出力流汗，可人们总是喜欢后者。其根本原因即在于体育有兴趣而劳动则无。换言之，趣味性乃是体育与劳动的根本区别。因此，叶根想要摆脱或化解劳动改造的痛苦，平安而坦然地度过未知年月的流放生活，最好的办法就是把劳动当成体育。即是说，要尽力培养自己对劳动的兴趣。

他这种想法当然不能说是对劳动意义正确的认识，但确确实实是他这种观念调整，帮他顺利地通过了三年的劳动改造，不过这已扯到了后话。

话说当时，叶根在田埂上朝气蓬勃精神抖擞，不免引起了民工们的喝彩，也使得那些被改造者和受锻炼者略感意外。四方脸蹙眉瞪眼走过来，手指叶根对民工喝道：

“他是个右派，你们知不知道？”

“俺咋不知道，要你说？”秦则刚声如洪钟，把手里铁锨往泥塘一插，竖直地立在那儿，像根金刚杵。“赖屄好浪，赖腔好唱！”

这后面的话像是跟四方脸较劲，又像是自言自语，反正引出河南老乡们一阵哈哈，被改造的那一撮也有几个人在低头窃笑。

幸好的是，四方脸听不懂河南俗语，不然叶根要倒大霉了。这横肉拿民工也没法整，只好讪讪地令叶根过去，跟那“一小撮”一起干活。

叶根实在不愿离开秦则刚他们，无奈站在田埂上扬起手臂挥动了几下，向民工致意，回到了自己“同右”那边。

第六章

同室的农工病友出院了，他给叶根留下地址，望叶根有空时去他们分场玩玩。

叶根把他送到大门口，正欲转身回病房，远远地看见顾瑞龙和柳朝品向医院走来，对方也看见了叶根，于是彼此欢叫着。

顾是上海高中毕业生，架着一副深度近视眼镜，走路时微微前倾斯斯文文地有点像学究。他跟叶根是好朋友，“同是天涯沦落人”成了他的口头禅。

不久前他正闹肠炎，肚子不舒服，听说叶根昏倒在田里非要送他来医院不可。同学们不让他扛门板，他就跟着大伙一前一后地跑着，做开路先锋。今天，特地和柳朝品来探视他的落难朋友，跟叶根拥抱时热泪夺眶而出，连忙掏出手帕揩拭眼睛和眼镜。

柳朝品曾是一位测绘员，他比叶根小几个月，不料也属那“一小撮”。大鸣大放期间他正在野外工作，没参加机关运动。殊不知到“反右”阶段被“揪”了出来，说他是个隐藏的右派分子。小柳没什么右派言论，这顶帽子扣在他头上，怎么想就怎么觉得冤枉，宛如横祸天降。

据知情人称，这小柳平时脾气不好，容易冲动，爱发牢骚，还喜欢跟人抬杠。小柳划右后悲观至极，几乎对生活绝望。他比叶根早来农场一个月，一道劳动改造的人都比他年长许多，他没有伴，没有人可以说话。叶根流放至此，小柳兴奋有加，立即把他当成了知心人，无话不谈。

他长年在野外工作，对农村、农活都比较熟悉，不像叶根那样陌生与外行。出于好意，小柳总是这样提醒叶根：

“农村的活是最苦的活，面朝黄土背朝天，日晒又雨淋，餐风又宿露。并且我们的劳动改造不是一年半载，力气要细水长流，身体靠自己保养。哪个像你那样，干起活来连命都不要了。”

“快讲讲，侬好伐？”瑞龙总算破涕为笑，“啊哟，成小白脸罗。”他用食指勾叶根下巴。

“挺好的，阿哪因祸得福呢。”叶根说，接着问小柳，“近来忙吗？在干什么？”

小柳嘴里衔着烟卷，眯缝着眼，“还不是割谷！不过没先前那么紧了。”

瑞龙插话道：“勿要管伊！农场里个事体天天有的哇，干勿完的哪。”

三人边说边走进病房，坐在床上。叶根正要拆阅小柳替他带来的家信，护士小丹来为病人作例行检查。

“这是你的同事？”她礼貌又矜持地向顾和柳点点头。“刚才卢大夫来找你，你跑哪儿去了？”

“是不是可以出院了？”叶根反问。

“你就想出院？还早。出院了谁帮我们做清洁呀？”

“没想到你还会开玩笑，卢大夫找我干什么？”

小丹的表情略显神秘，“要你当代表。”

当什么代表？三人都莫名其妙。

“当病友代表。”

叶根自退了烧能够下床后，就主动在病房里扫地、抹桌子。小丹看在眼里却从不当面表扬他，只有时和护士长、卢大夫闲谈时提起，“这个病号倒是蛮勤快的，确实有点机灵。”

叶根身体逐渐复原，更是手足闲不住，清洁从病房做到走廊，甚至从走廊做到办公室。但，这能代表什么？

“要你出个节目！代表病友出个节目。”小丹说，“我们最近要庆祝医院三周年，搞个文艺晚会，还有舞会。地点在场部大礼堂，农场各部门都要参加，我们还邀请了下放干部，都要出节目。”

“这关我什么事，我又不是……”

“你是我们医院的病友，就是我们的人。卢大夫说了，医院是这次活动的主办单位，有病友参加演出才更有意义。看你样子怪聪明的，连这都不懂！”

“那你怎么不找别人？我什么都不会。”

“我就要找你，已经跟卢大夫说了，你想躲也躲不掉！”

“不不，”叶根不住摇头，“我不行！”

瑞龙在一旁早忍不住了，便插嘴说，“哎呀，侬做啥要谦虚呢？此事好极了！”

他转向小丹，“叫他出节目侬真是慧眼识英雄！伊本来就是学戏剧的侬知道伐？交关好呃。”

小丹眼睛顿时一亮，马上问瑞龙，“那他会唱什么戏？”

“唱戏？唱啥戏？伊是演话剧电影的，勿唱戏呀！”

小柳兴头也激起了，“他怎么不唱戏？你没听过他唱二进宫，还有老丁？”

“对对对！”瑞龙眉飞色舞，“赤膊蹲坑，冷呃热呃热呃冷呃……”他用两手食指来回上下敲着。

“这是干什么？”小丹睁大了双眼，解读不了他的语言和动作。

小柳和叶根笑得前俯后仰，更激起了她的好奇。

原来，“赤膊蹲坑”是光着上身蹲茅坑，解出来的大便是热的，而光着上身是冷的，这是上海人用他们的方言比附京戏的锣鼓点子；“冷呃热呃热呃冷呃”比附胡琴声“龙格里格里格龙格”。

小丹怎么能听懂呢？这种粗话又怎好向其翻译？因此小柳只能这样说：

“他在打闹台，拉京胡。”

小丹望着瑞龙笑了，笑得非常开心。然后盯着叶根，恨不得把他吃了。

“不行的！”叶根心发慌而脸正色，“唱几句京戏还是下来以后跟老丁学的，连票友都算不上，怎么敢登台演出？”

“那就拉小提琴。”瑞龙嚷道，“小提琴可是你的专长，对伐？”

叶根低头不作声了，他有说不出的苦：平时劳动之余在工棚唱唱戏拉拉琴，那跟登台演出抛头露面完全是两码事。何况，即便在工棚闹着玩也还是在四方脸调走之后。新来的下放干部领导王同志酷爱文学和音乐，且是个很有政治修养的年轻干部，文化程度大学毕业，他对叶根比较

和蔼。

最不同的一点是，叶根的右派身份在那儿谁都知道，也就无所谓了。而在医院别人是不知情的，都误认为他是下放干部或上海学生。

当然，住院治病，叶根没有必要自报右派家门，人家不注意你也就不会打听你。但是要到公共场所，特别是到场部大礼堂的舞台上去露面，那后果就可想而知了。

前面曾提到农工们为他贴表扬海报而遭撕毁的事，他若去登台表演那还成什么体统？

小柳看出了叶根的心事和难处，就不再多说什么，而涉世不深的瑞龙却被热情搅得不能自已，如数家珍般地向小丹尽述叶根的种种才艺。

“好！就小提琴独奏。”小丹兴奋极了。

“没有琴。”小柳替叶根解围，“拉不成呐。”

“你们那儿没有？”她沉思有顷，“我想法去借，农场没有就去县城。”

叶根对小丹的热心感到有些惊诧，但他实在没勇气说出自己的顾虑。

也许，这是头一次，他感觉自己的右派身份竟是如此难以启齿。他不得不在心里抱怨瑞龙，如今到了这般尴尬的地步怎么办呢？用什么法子才能解脱啊？

原先在小丹眼里，叶根就有点奇特，不仅仅因为他爱劳动能吃苦，从第一眼见他就认为他不是个俗物。这种认定凭的只是某种直觉，说不出多少理由。如今听了瑞龙的介绍，真是心花怒放。果然不简单！她暗自想。

叶根把瑞龙和小柳送出医院，反复诉说自己的烦愁，一筹莫展。他唯一的想法是离开这里，越快越好。可是遭到了瑞龙的坚决反对。

“侬病还没好呀，现在回去劳动吃得消伐？演勿演戏倒是小事，身体要紧呃。”

“丑媳妇总是要见公婆的。”叶根把心一横，“躲得过初一躲不过十五，我干脆把身份给他们说明了。”

“那又何必呢？屎不臭挑起臭！”小柳说，“三十六计，还是走为上。”

“你是说不辞而别？”

“还辞什么别？么样去辞别？”

叶根思索了片刻，不能同意和接受小柳的高见。

“你俩先回去，让我再想想。”

“哦，这就对了，急啥呢？还是治病重要。”瑞龙拉拉叶根的手，“阿那回去了，过几日再来看侬。”

说真的，叶根当时若听了小柳的话，说走就走没什么可犹豫的，也就不会有后来的尴尬，也不至于遭受什么刺激。

他之所以不愿悄悄离去，一方面固然是囿于礼节，医院的人从下至上个个待他不错；而另一方面则怕有负小丹的情谊。

自入院以来，他无处不受到这位白衣天使的青睐和厚爱。他甚至觉得，这个美丽而矜持的女孩和他之间有着某种缘分。不过，这也充其量在心里揣测而已。

他异常珍惜医院里的这次邂逅，并希望它成为今后一段美好的回忆，此外别无奢求。这即是叶根一直没向小丹道出真相的原因，既不情愿也无必要。

然而现在，他竟时刻为此苦恼不安：不论他作出哪种决定，同意演出或拒绝演出，都将露出庐山真面目。

他的身份不怕公开，事实上早已公开了，只是医院的

人不清楚罢了。退一步讲，即便医院的人知道又何妨，右派分子也是人，病人在医生面前人人平等。他唯一担忧的是怕伤害小丹的心，怕破坏这个女孩心中甜美的感觉。

叶根的这种思虑，纯粹是罗曼蒂克的，没有实际价值。现实本身没有什么诗情画意，除非文人墨客添加想象。世间有很多事情迟说不如早说，说破强于不说。在小柳和瑞龙回去后不久，叶根终于决定，去向小丹说明自己不能参加演出的缘故，并请求谅解他未能及早说明的苦衷。

决定之后，他倒是轻松了许多。一个男人可以不怕艰难，不怕危险，就怕没有决断。有了决断就意味着有了主意，有了准备，有了即便失败而无悔。

他平静地等待小丹下次来查病房，把拟好了的措辞背得滚瓜烂熟。

殊不知一连数日小丹护士竟不来此露脸。病房换了一个叫小罗的护士，头一两天，叶根自觉心中有鬼，不便启齿询问小罗。到了第三天他实在忍不住了，而得到的回答却是："不知道，可能调别的科室去了。"

为什么调别的科室？为什么不向我说一声？是不是到县城借琴去了？难道一去几天还没回来……此时此刻，他心里已不再着急演出的事，成串的问号把他带到五里雾中；他也没考虑如何离开医院，只望火速见到小丹。

一边做清洁，一边溜到外科、五官科等近处病房门口，不料怎样窥视，也没一处发现小丹的人影。

最后，他去找护士长询问。护士长像往常一样和颜悦色，只说小丹可能是中暑了，需要休息几天。叶根问小丹在哪儿休息，要去探望。护士长说不用了，大热天的不太方便。

随着时间一点一刻一分一秒地流逝，小丹依然踪影全无，叶根本能地产生某种不祥预感。

每当黄昏，医院食堂里轻轻传来歌声和鼓乐声，职工们正在那儿加紧排练。

怎么没人来叫我呢？叶根被这种疑惑不断困扰。

原先，他害怕小丹跟他说什么演出，如今却巴望有个人——无论是谁来和他商谈节目。可是……

一连数日不见小丹，叶根似乎经历了从未有过的孤独和寂寞。他这才意识到，这个少女于他何等重要：她纤纤素手的包扎，脉脉含情的看护，她怜爱的声音，关注的眼神，还有那光彩熠熠娇媚的面容，亭亭玉立丰满的身影……

这一切都深深印在他的脑海中，时时游动在他的神魂里。她怎么可以这样突然从他眼前消失？他又怎么能够如此怅然地与她分手？

终于，在一个傍晚，他鼓起勇气厚着脸皮来到职工排演节目的食堂。

那里人很多，很热闹，排节目的在中间，看节目的在四周，沿墙站着，其中有不少是住院的病友。叶根不动声色地立在人堆里，看见卢大夫身背手风琴正来回走动，指挥排练。乐队有七八个人，中间摆了一架扬琴，两旁的人各执二胡、低胡、三弦、笛子唢呐等民族乐器，小提琴没有。

原来是没借到！叶根提起的心轻轻放下了。不过，她应该告诉我呀，我若早知如此，也免得好几天忐忑不安了。她这人也怪，做事有头无尾，没个交代。

他开始用眼睛找她，不停地搜寻每个位置每个角落。护士长、小罗以及医院里所有他熟悉的人几乎都在场，唯独没有小丹！

难道她中了暑至今未愈，竟不能来看看节目排练？这

可是她特别关心的事呀。难道她此刻在哪个病房值班？要真是这些情况，我就错怪人家了。

想到这里他掉头往回走，要去找她，哪怕找遍所有病房。这些日子没见了，小丹必定也渴望跟他说说话，没准儿还会抱怨：我病了几天，你都不来瞧瞧！

不料，正当他跨出食堂门口，迎面走来一个身穿白连衣裙的女孩，月光照在她瘦削的脸上，两个眼圈黑里透红，明显的睡眠不足。这女孩见了叶根急忙扭过头去，一时拿不定主意是朝前走还是退回去。

“小丹！”叶根惊叫，声音里满含忧郁。

“谁是你的小丹！”她愤愤地说，匆匆向食堂内走。

“我有话跟你说。”他想留住她。

“什么都不用说了。”

叶根追上一步，几乎是在恳求：“你等等，知道我要告诉你什么吗？”

“没有必要！”她忽地半转身，杏目圆睁。

嘭！叶根只觉得当胸挨了一重锤，差点倒在地上。

这说话的声音，这说话的人，竟是这搬冷酷和陌生！他似乎不敢相信自己的耳朵和眼睛，定一定神，想弄清楚这是不是一场梦魇。眼前已没了小丹，头上的月光温柔皎洁，正给他一个孤独凄清的投影。

小丹自遇见叶根后，曾编织过美丽的梦想，她满以为自己的梦想能够变成现实，谁知这么快就破灭了。为了替叶根借小提琴她特地去了一趟县文工团。

“叶根！你不知道他是大右派？”文工团一听这名字大吃一惊！“你们还请他上台演节目？”

小丹想想，真的这名字有点熟，好像在哪儿见过，大概是什么报上。但怎么就是他呢？连卢大夫和护士长也不曾注意到。我居然被他瞒了这么久！

这个晴天霹雳一下子把她击垮了，她一连数日卧病在床，昏昏沉沉，心肌绞痛。

次日上午，叶根办了出院手续，返回劳动营。临行前护士长送他到门口，拍了拍他的肩膀，没说什么话。卢大夫认为他身体尚未复原，目下仍很虚弱，给他开了张休息半月的证明。

叶根十分感激他们，且面有惭色。离开医院后，他在山路上缓缓地往营房走，不时反省并整理自己的思绪：

现实毕竟不是传奇，“反右”造成的妻离子散家破人亡，触目惊心。像小丹这样的女孩，除了与我划清界线还能有别的什么选择？

但我这样急速离去是不是有点轻率？至少应该找个机会向她解释，怎么说走就走呢？也许小丹未必会计较我眼下这个身份，只是生气我没有主动告诉她。谁知道呢？事已至此也不必自宽自解了。不过，早些向她说明可能不至于这么惨吧？为什么要一再犹豫弄成这般结局？

《论语》中不是这样说过么：“可与言而不与之言，失人；不可与言而与之言，失言。”大鸣大放中我已失言了，如今又失去一个可与言之人！叶根哪叶根，什么时候你才能变得睿智和聪明啊？

即便弄成这样，不是也可亡羊补牢么？等她气消了些，跟她道歉再作解释也不迟呀，为什么就不能等待不能忍耐？巴斯德曾说，“字典里最重要的三个词，就是意志、工作、等待。”我这急躁的毛病何时能改呢？

叶根停下来，坐在一块石头上，回头望去几乎要回到

医院去。但他还是打消了这个念头。出院的手续都办了还回去干什么？唉，好马不吃回头草，“做还魂的鬼是丑恶的。”他记起牛虻的这句话。

然而正当此刻，小丹在医院里哭得柔肠寸断，这是过了很久别人告诉他的。当时叶根连做梦也没想到。

第七章

王书记看过医生证明，对叶根说：“既然这样，你暂时就不要干什么重活，跟老丁一道‘揩屁股’吧。”

老丁名叫丁德安，是位农业专家，身体结实，个头也不小。据说他耳朵有点背，人家跟他说话时他总偏着脑袋睁着眼睛望别的地方，一副懵懂憨厚的样子。又据说他那耳朵背有伪装的成分，是故意装糊涂，硬要对方提高嗓门，他回答别人的话也用大嗓。总之，老丁挺有意思的，表面看起来有点呆，实际上又风趣又机巧。他已经四十八岁，干活认真细致，质量很高。最近安排他在割完谷的大田里当清道夫，也就是王书记说的“揩屁股”。

记得去年这个时候，有天深夜雷雨大作，劳动营的两排统铺上的人有的在梦呓，有的在翻身。四方脸命令老丁去大田疏沟排水，老丁睡眼惺忪地披上蓑衣，拾了把长锹就推门出去了。

大约过了两个多小时，营里的人被洪亮的喊声和工具敲门声吵醒：开门呐，橐橐橐！开门呐！橐橐橐！是老丁排完水回来了。

睡在靠门边的四方脸，只需举手之劳便能让老丁进来，但是他懒得出这点力，缩在被窝里任老丁在门外大敲大喊。他心里想，替右派开门是右派的事。而屋里的右派又是怎样想的呢？门就在四方脸的床边，只要一伸手就把门栓拉开了。再说，老丁是你派去排水的，他在黑夜雨里干了那么久，你就不该替他开门么？

开门呐！橐橐橐！开门呐！橐橐橐！声音越来越响，满屋的人都被吵醒，睁着眼一动不动。

四方脸不理睬，其他下放干部也没一人愿从热被窝里爬起来。

右派们又想：你们下放干部每天收工早，起床迟，没我们劳累，就非要贪这一两分钟的瞌睡？我们一个不下床，看你怎么样？

两排通铺的人为此暗中较劲，可把老丁害苦了。他于是在雨中狂叫："开开门呐！你们为什么不开门呐？"并用铁锹使劲地在门上乱敲乱打，这时右派们就知道有好戏看了。

愤怒的吼声和猛烈的敲门声，睡在门边的四方脸首当其冲，他气得一翻身下了床，拉开大门对老丁喝道："你叫什么叫！"

老丁用盖过他的声音应道："我当然要睡觉！你怎么不开门让我进来睡觉呢？"

此时一声炸雷一道刺眼的闪电，把老丁站在门口的形象衬托得就像《雷雨》里的繁漪一样，只不过这个男人比那个女人面部抽动得更难看罢了。

“告诉你！丁德安！你知道你是什么人吗？”四方脸像打出一门重炮，又怒喝着。

老丁也吼道：“我怎么不知道咧？我是人民的敌人呐！”

谁也没料到老丁竟会如此爽快和痛快！四方脸心里要说的不就是这句话吗？干脆我替你说了。

四方脸哑巴了，好像他打出的那一炮是个哑炮，只气得一翻身钻进了被窝。

老丁大踏步进来，掷锹摔蓑衣，劈劈啪啪地关上门。当别人在被子里窃笑尚未停息之前，他已打起了呼噜。

正是：民不畏死，奈何以死惧之？老丁不怕什么帽子，你又何必拿帽子去吓他？

可惜的是，那以后不久，大约是十月中旬，为了适应“大干钢铁，大办人民公社”的跃进新形势，按照上级指示，下放干部要集中，与右派们同宿一个劳动营的“左派”们都调走了。四方脸调走后，换来两位专管右派的新领导，其中一位就是前面曾提到的王书记。

王书记召开会议，对右派们说：

“党为了有效地改造你们的反动立场和观点，使你们重回人民怀抱，用你们的知识和专长为无产阶级政治服务，光叫你们每天劳动不行，还得组织你们学习。”

“学习就是洗脑。”老丁坐在后面向叶根悄悄耳语。

“因此我们规定，”王书记继续，“你们这些人必须思想汇报，思想交锋。每半月口头一次，每月书面一次。”

固然，劳动是主要的，在大跃进年代，右派们的劳动绝不仅仅是思想改造的手段，生产本身就需要更多的劳动

力。因此劳动态度的好坏在当时是与劳动工效的高低成正比例的。

尽管如此，劳动好又并不就等于思想好。比如老丁，他会劳动，能吃苦，工分拿的也很高，但每逢开思想交锋会时，总有人说他反动立场顽固。又比如叶根，他干的活路最多，工效始终排名第一，然而，他是把劳动改造当成体育锻炼，也没有从根本上转变立场。所以，每半个月一次的口头思想汇报和交锋，是王书记等人考察和分析右派们的重要时机和依据，自然也就成了右派们互相批判互相揭发的闹台。

“这王书记水平确实比四方脸要高得多。”叶根对老丁说，“但是我宁愿每天加班劳动，多出几身臭汗，多脱几层死皮。”

“我懂！我怎么会不明白呢？”老丁慢吞吞地说，“你就是不愿意在会上红自己的脸揭别人的短，对吧？看来你还没改造好。”

其实，和叶根一样想法的大有人在，也包括老丁，只不过叶根说了出来。王书记渐渐觉察到这样一种倾向：右派们个人思想汇报尚可，彼此思想交锋却越来越勉强。于是，在会上他又强化了这一主题：

“你们这样的态度不行！我可以明白告诉大家：这是坚持反动立场抗拒思想改造的表现。即使劳动再好，也是白搭！长此下去，只怕你们永远也难摘掉右派帽子。”

后来，有人似乎有所觉悟，便进行重点转移，把精力主要用于思想交锋，有意或无意地削弱了自己的劳动干劲。殊不知王书记又作了严肃批评，并在会上点了个别人的名：

“现在有些人劳动松松垮垮，在会上说别人头头是道，比如你柳朝品，年轻力壮，干起活来却磨洋工！你们不要打错了算盘，毕竟到这里来是劳动改造，不是耍嘴皮子。这是机会主义的表现！懂吗？在我党历史上机会主义者都是没有好下场的。”

会后，老丁对人说：“我又不是共产党，是左倾机会主义呢还是右倾机会主义？”

飞行员席飞扬说：“你不就是个老右派嘛！还左倾右倾什么的，真不害臊。”

“那么你呢？空军驾驶员同志。”老丁反问，“是左倾还是右倾呢？你该没忘记自己也是右派吧？”

原空军某地勤营长老方接腔：“咱别讨论这个了，咱们现在都是右派分子，大哥不说二哥，是吧？我的体会是：既要刻苦地劳动改造又要残酷地思想交锋，叶根，你说呢？”

“没错！”叶根笑道，“经过几番曲折和摸索，老右们终于找到了革命的正确方向和道路。老方这话，才是脱胎换骨的真实含义！”

席飞扬一巴掌拍在叶根屁股上，“你小子真可以呀！”

为了脱胎换骨，为了摘去帽子，于是右派们重新勃发了生产劳动干劲，你追我赶，力争上游。同时纷纷撕破情面，在会上怒发冲冠。不仅王书记感到满意，外带几分欣赏，就连老右派们自己也觉得过瘾，一个个像斗鸡似的。

然而只图会上热闹，未免会下难堪。尽管会上不排除做戏成分，毕竟还是伤了感情。散会后彼此不讲话，互相不理睬，又变得早晚死气沉沉，干活神情疲惫。王书记看在眼里，又灵机一动进行调整。他真不愧为党的优秀干部，收工之后把叶根叫来。

“小叶呀，你不是爱拉琴吗？跟大家拉几段二胡。那个

什么，《空山鸟语》，活跃活跃咱们营房的气氛。”

叶根说：“不好吧？再说，今天劳动挺累的。”

“哎，不能光搞劳动，要有劳有逸，要点文艺生活嘛。”

叶根本来于琴手痒，只是不敢造次。既然现在王书记开了口，他求之不得。于是《空山鸟语》响起来了，老右们都围过来了，一边洗脚一边欣赏音乐。

王书记又说：“怎么样？老丁，近来你好像有些沉闷？”

“我哇，很好。我一直都很好！”

“那你也来一段。要老丁和小叶唱出《二进宫》，大家说好不好？”

大家自然说好，一齐鼓掌。于是老丁那很有些裘派韵味的唱腔便在营房前振荡起来。听的人越是鼓掌喝彩，他越来劲，把丹田的气全用上了。

琴也拉了，戏也唱了，王书记见大家兴致不减，情绪甚佳，遂趁热打铁做思想工作：

“毛主席不是讲过吗？知无不言，言无不尽。会上别人提的意见，有则改之，无则加勉，度量要大些，对不对？”

“对，很对！”老丁说，“我气量大得很，所以声音才大嘛，有什么可计较的咧？到这里来就是改造，我想得通！”

“应该想得通，何况你们都受过高等教育。”

他站起来，在老右们围坐的圈子里踱来踱去，比比画画。

“不要小家子气，延安整风比这激烈多了！整风向来是我党的优良传统，要像你们一样，受不得一点委屈，那革命还能取得胜利？”

说实话，由这位王书记取代四方脸，还真算老右们的福气。自他做了几番思想开导以后，情况有了根本改善：一方面右派们在会场上针锋相对，决不留情；另一方面在劳动中又变得若无其事，十分豁达，谈笑风生。这种特殊的生存状态生活方式大家都深有体会，所谓世界观的转变便是如此，终于茅塞顿开了。

“听说你在医院里过得蛮快活呀？”老丁和叶根在大田里慢悠悠地检漏，喜滋滋地聊天，这儿就他两个，别人都摘棉花去了。

“听谁说的？”

“有个漂亮的护士妹子喜欢你，哎？你这个右派分子不好好改造还敢腐蚀我们国家干部，好大的胆子咧！”

叶根不答话，兀自弯腰拾谷穗。

“讲来听听啰，那妹子怎么样？”

“唉，莫提了，气死人。”

“Kiss！”耳背的老丁把“气死”听成了“kiss”，睁着圆眼歪着大脑袋，“好哇！已经kiss了，那肯定也embrace哒啰！”

“你乱讲些什么，我连手都冒碰过她。”

“我不信！你kiss她的时候冒摸她？”

“摸什么？”

“摸奶子呀！她奶子大不？”

“大呀，跟你脑壳一样大！”

“你还跟我假装正经咧。”老丁撇着嘴说，“算你有福气，病得好！”

叶根和老丁不仅是“同右”，还是同乡，湖南人。是一对标准的会上死敌会下死党。两人无话不谈，沆瀣一气。听完了叶根的叙述，老丁又安慰他：

“幸好那小护士没爱上你，领导要晓得你在医院里谈恋爱，第一批摘帽子就没得你的份了。”

接着，叶根从老丁口里得知，在他住院期间省里来了两位搞专案的同志，他们在王书记主持下召开了个会，要右派们谈谈劳动改造中的想法和意见，并互相作出评议：哪些人表现较好？哪几个最突出？有什么明显的进步？还存在些什么问题？……

结果大家一致认为，最突出的有三人：老方，席飞扬和叶根。当专案组的同志离去后，就有人传说今年十月份将有少数人第一批摘帽子。说白了，也就是下个月老方，席飞扬和叶根将重回人民怀抱。

叶根激动不已，兴奋至极，忙问老丁：

“你怎么样？也有希望吧？”

“我呀，大概算比较好的一档吧，右派里的意见还不统一。”

晚上，大家习惯地躺在床上干各自的事，同时在小煤油灯上煮饭吃。这不是晚餐，而是晚餐后的消夜。

自劳动改造以来，这些老右们总感觉肚子饿，因而把吃饭当成了最大的享受。这种煮饭方式很特别：把米洗过后加点水放入一个大瓷杯里，瓷杯用铁丝固定，一头勾在屋梁横木上，一头悬空吊在煤油灯上，离火很近，不到一个时辰饭就熟了。然后拌点熟猪油，夹点咸菜，泡菜什么的，吃起来有滋有味。

老丁食量大，劳动一天下来，能吃四、五餐，一般情况下每晚他都要吊杯煮饭。这种既省力又别致的烹饪法，就是他在劳动营里发明的。叶根在医院里住了半个多月，吃的是流汁半流汁，尽管小丹给他双份蛋糕和面包，还是不如吊杯饭吃得过瘾。

他的床挨着柳朝品，两人一边消夜一边闲谈。小柳说：

“近来天天摘棉花，真把人烦死了！”

“摘棉花不是轻活吗？烦什么？”

“轻是轻活，总是达不到定额，工分挣不了几多，还不如干重活。”

“定额是多少？”

“每人每天三十斤。”

叶根觉得奇怪，“动作不能快些？”

“快？么样快？要求我们摘得干干净净，壳里不准留一点尾巴，么样快得起来？我手指都刮出血了。全营就老方快一点，工效最高，也只有二十七八斤。”

“我就不信比插秧还难？”

第二天，叶根向王书记要求去摘棉花，老丁也不愿一个人在稻田里“揩屁股”，于是王书记就把他俩分在一块棉田里，和大家一样，每人发了一个布袋，挂在肩上。摘的棉花放入布袋到收工时称重。若棉壳里有剩花，哪怕一丝丝未摘干净都要扣工分。

叶根一见布袋，心里就想：难怪快不起来！他找了一个旧蔑篓子，绑在背上，便下田去。

老丁和他一人管一行，开始几分钟，两人尚能并肩前进，互相伯仲。可是不一会儿距离就拉开了。老丁一边快速摘花，一边抬头看前面的叶根，只见那一朵朵的白花在叶根肩头飞舞，棉花不是放进布袋里而是直接扔进蔑篓里。

“这个家伙心思总比别人巧！”老丁寻思，“我怎么就没想到用开口的东西装棉花呢？”

收工时，大家去过秤，除去篓子重量，叶根摘了三十斤，第一天就达到了定额。其他人老丁二十四斤，老方二十八，席飞扬二十六，小柳二十三……

“还是小叶脑瓜子灵！”王书记高兴地说，“你们怎么就想不到用篓子？”

席飞扬说：“是你要我们用布袋呀！”

“从明天起，全部改用篓子装花。我看谁再完不成指标！”王书记重新部署，把手一摔。

当大家都提高了工效，一般都能达到定额时，叶根又来了一手新招，令人惊奇。某日收工时他的棉花过秤竟有四十五斤，超定额十五。这是怎么回事呢？

为了揭开其奥秘，王书记说：

“磨刀不误砍柴工，今天我们都集中到小叶那块棉田，先不忙动手，看他是怎么搞的。”

叶根想，我这秘方非得公开不可了，行！你们就睁大眼睛瞧吧！

于是大家发现，他改用了双手同时摘花，从动作表面看，似乎不如单手那么灵活，但毕竟是双手操作和积累。他还使用了两个程序：第一遍用双手快摘，不管棉壳里的剩余，求的是数量而非质量；然后折回原地返工，扫清所有棉壳里的残存，用的是单手，以保证质量，这便是第二道工序。

王书记到场部去开生产会时，通报了这一情况。场部领导大喜过望，连声赞道：

“这才是大跃进！这正是大跃进。”

除向全场推广叶根的摘棉新法之外，场领导还想了一个充分利用叶根掀起更大跃进高潮的妙计，以提高摘棉定额。

这个妙计旨在让叶根突破百斤关！一旦叶根过了一百斤，摘棉定额提到每人每日五十斤，谁还敢放个屁呀！

可是叶根毕竟是个人而不是神，就算他是个能人，一百斤这个天文数字他完成的了吗？

当王书记从场部回来，把过百斤关的壮举告诉他时，他几乎吓得趴下了。王书记神秘地向叶根眨眨眼睛，把他拉到一边悄悄地说：

“你不用怕！自有周郎妙计安天下。到时候你按场部计划去做就行了。”

场部领导选定了一个让叶根大显身手的日子大展宏图的地方。头天晚上，王书记把他召进单独的卧室，面授机宜：

“明天是大晴天，一清早天刚麻麻亮，我带你去一块棉花最厚的大田里。那里为你准备了一个大蔑篓，你套在背上，趁露水未干专拣大的花抓就是，抓了就往背篓里丢，盛满了自有两个农工帮你卸下来装入大麻袋。然后又让你背上继续搞。记住！只拣大的摘，用你的双手法，也不需要撍屁股，明白了吗？”

叶根是何等明白的人，哪会不明白？但是他也明白：即使在最佳地段摘带露水的花，也得拼命地赶！否则怎能过百斤大关？摘的毕竟是棉花而非苹果。

同时，对于这桩违心的事，他不能有丝毫的反抗或反对，自己还是无产阶级专政的对象，正如老丁所云：“是人民的敌人呐！”对于人民的决定，只能唯命是从。何况，马上就面临摘帽子，他只能前进不能后退。于是，做好一切准备当晚提前入睡了。

次日凌晨五点钟，叶根随同王书记与场部两位农工如约在一块大棉田会合，在朦胧的曙色中，他眼前是浑然的银灰世界。空气很清新，稍微有些凉意。叶根迅速武装，饿虎扑羊般地冲向那白花花的一片。

他两只手臂伸开，手掌不停地左右来回抓取，忽上忽下，

忽前忽后，就像一只豹子在凶猛地舞动爪子。于是，大把大把的棉花从他肩上，从他头顶白云般地飞入背篓中。

他喜欢抓住棉花的感觉，酥软软的，湿润润的，似乎有一种原始而本能的冲动。他猫着腰，踮着脚，动作愈来愈快，使后面那两位帮他卸篓装袋的农工助手都不敢怠慢。

从凌晨打寒噤直到中午大汗淋漓，叶根已摘了两大麻袋棉花。这时场部有专人送来稀饭和包子，四人同时用餐，王书记把自己的包子分了两个给叶根，见他像饿狼似地吞食又饿虎般地吞咽，吃完后四肢一伸躺在大田里。

“休息二十分钟。来，小叶，抽根烟。”

叶根接过烟，不是老右们通常抽的大公鸡牌，而是中华牌。他深深吸了几口，非常过瘾，自流放以来还没享过这种口福。烟一丢，他又钻进棉花堆里，此时花上的露水已晒干，就没早晨那么压秤了。因此叶根丝毫不敢松懈，一鼓作气地拼到下午七点钟。这时王书记叫来记工员，就地一称，一百零五斤！

“乌拉！”王书记扬起双臂带头欢呼：“我们三五农场摘棉花突破了百斤关，真是大跃进的奇迹！”

这件事自然产生了轰动，成为地区报纸的头版头条。撰稿人没写那过百斤关好汉的姓名，当然也没提他的特殊身份，但称“三五农场一青年”云云。好在农场领导和王书记的心还不算狠，他们着重的不过是宣传，在于鼓励干劲掀起热潮。至于定额方面，并未作大幅度的调升。

“否则你这个帮凶和骗子就要成为历史罪人了！”老丁当时就是这么对叶根说的。

第八章

叶根摘露水花的时节正值白露，一个月过去，现在已是寒露了。老右们原以为国庆前夕会有人摘帽子，曾兴奋不已，尽管这一回不一定有自己的份，但只要开了个头，希望就会源源不断，赶不上第一批还有第二批第三批。劳动改造有了奔头，就不至于度日如年啦。

不料国庆前夕没那回事，国庆后夕也没那回事，只不过做了个好梦而已。随着秋风秋雨的来临，大家情绪也日渐低落。

王书记见此情形不利于大家的思想改造，又抓政治学习。今天下着绵绵不断的雨，便通知大家别出工，等到九点钟开会。于是有人看看报，有人聊聊天，还有人洗洗衣服鞋袜，会前显得十分平静。

老丁呷着浓茶，表面上悠然自得，内心里却在暗自思忖，他对叶根说："今天开会，看来有点不寻常。"

坐在叶根身旁的席飞扬说："不就是学习例会嘛，有什么特别的？"

"例会为什么要等到九点钟开？"

"那你说为什么？"

"总有原因罗！"老丁又呷了一口茶，"一定是等什么人来。"

席飞扬见老丁那样儿神秘兮兮的，"你那反革命嗅觉又嗅到了什么吧？真是狗鼻子。"

"不信你就看罗，"老丁转过头对老方说："上次组织部来人，开会也是九点钟，对吧？"

老方其实也一直在若有所思，或者说有某种预感。他听了老丁的话只是点点头，没有吱声。

上次开会时，叶根尚在医院未回，他后来只听说了个大概：专案组的人下来调查，听听汇报，具体情形并不清楚。这次若不出老丁所料，上面又要来人，无非还和以前一样，因此他没怎么当回时事。

果然，九时左右，王书记身边出现了两个陌生人。所谓陌生，是对叶根而言，其他人都已认识，就是上次来调查过的那两位。他们面带喜色，王书记也谈笑风生，看来今天准有什么好消息，叶根的心突然扑扑地跳跃不止。

大家就座后，王书记宣布开会，他说：

"组织部的两位同志不辞辛苦，今天是第二次来到三五农场，大家都已认识我就无须介绍了。上级党委对你们的改造非常关心，你们呢，就要充满信心。任何悲观失望都是没有根据的。"

接着，他又谈党的政策，无非是正确处理人民内部矛盾、惩前毖后、治病救人等等。

“右派分子胡说什么‘放收整’，而我们的方针是团结——批评——团结。真要整你们的话那还不简单吗？还用得着派人对你们监督劳动吗？”

政策说了个充分，然后便谈大家近两年来的改造情况。既谈成绩也谈问题，主要是概括一般情形，带全局性的评述。由于前次开会曾对每人作了一番鉴定并大致排了个队，这回王书记就没有指名道姓了。情况小结完毕，他郑重地看了一眼专案组的来人，便说：

“现在请组织部领导同志宣布摘右派分子帽子的名单。”

此话一出口，真像一声惊雷，久旱逢甘雨！

来人中一位从公文包里取出一份打印文件，递给坐在他身边的另一位。这另一位看来职位更高一些，他慢条斯理地把那张纸摊开，放在桌上，然后扫视全场一遭，开始宣读：

省委组织部文件

（1959鄂字第*号）

为了正确处理人民内部矛盾，贯彻落实党的教育改造政策方针，对近年来在国营三五农场高湖劳动表现较好的右派分子方益民、席飞扬摘去其帽子，让他们回到人民队伍，继续学习和工作。

省委组织部

1959年10月

没有听到叶根或任何第三人的名字，会场一片沉寂，无丝毫反响，好像子夜的湖。

叶根不能相信自己的耳朵，他怀疑读文件的人把他名字漏掉了。

下意识地，他的目光与老丁碰了一下，老丁撇撇嘴，做了个遗憾的表情。一刹时，叶根的心里像有什么东西在翻涌，又似乎堵塞在胸口，他难受极了，却还要强自镇定着。

王书记看在眼里，他把组织部的同志送上车后，转来对大家说：

“你们应该庆贺呀！怎么像没事似的？”

于是大家向方、席鼓掌。

“方益民和席飞扬是自‘反右’以来第一批摘掉右派帽子的人，但第一批不止他们两个，摘帽工作还没完，还在继续。即便第一批完了你们没赶上，还有第二批第三批。”王书记情真意切地望着每个老右，给他们打气。

“总之，从方益民和席飞扬身上你们看到了希望！同时，也应看到方向。思想改造必须以劳动为手段，但光注意劳动忽视了思想立场的转变那就本末倒置了。大家劳动还要继续鼓足干劲，而根本上是从思想上与旧我决裂。”

他停下来喝了口茶，抽出一支烟慢慢吸着，然后把目光盯在叶根脸上，又接着讲：

“小叶，我知道你今天感到意外，感到困惑：为什么自己劳动得这样刻苦，这样卖力，功效高，工分多，平时开会发言积极，不但勇于自我检查认识，也敢于分析批判别人，上次鉴定时群众提名还是表现的最突出的一个，怎么今天宣布摘帽子却没有自己的份呢？”

他又停了片刻，继续抽烟，然后皱着眉头，语气变得严肃：

“有个问题必须在这里向你指出，这个问题也是上次鉴定会上大家的看法，至少是多数人的看法。你住院去了不知道，回来后又忙于生产，我也忘了向你转达。现在趁此机会通个气吧，你心里也好有个底。”

王书记拿出笔记本，翻到某一页。接着对叶根说：

“有人认为你在思想交锋会上很会说，分析能力强，理论水平高，经常是上纲上线批深批透，搞得人怨声载道，说你尖刻狠毒。瞧！这里有个典型的例子：柳朝品因劳动态度不好，被你批得焦头烂额。他曾萌发过要劈杀你的念头，一次想用铁锹，一次想用锄头，但始终没有下手。为什么？这里面原因很复杂，他也很矛盾：一方面他跟你有感情，他喜欢你；另一方面，他认为你在会上却全不讲交情，恨之入骨。但是，使得柳朝品免于极端报复行动的主要原因是什么呢？是丁德安对他的开导！我说的不对吗？丁德安，你是如何对他讲的？”

老丁不作声，装聋装糊涂。王书记转向柳朝品：“你老实说！”

小柳见王书记一脸威严，不敢违抗，只得涨红了脸，吞吞吐吐：

“老丁对我说，小柳，你好糊涂呵！叶根说别人，表面上危言耸听，实际上没有真枪实弹。提起来千斤重，放下来没四两。”

“还有呢？你不好意思讲了是不是？你问丁德安的话是什么意思，因为你还没完全听懂。丁德安于是反问你，你跟叶根平时无话不谈，阶级仇恨、乱七八糟的东西还少吗？他在会上揭发过你没有？一次也没有！不过借你的劳动态度大做文章，那有什么不得了的？你在劳动中避重就轻投机取巧谁看不见？瘌痢头上的虱子明摆着呀！你还怪他还

要杀他，真不晓得好歹咧。”

王书记自笔记本上引用完了丁、柳的对话之后，来回走动，环视全体，接着面对叶根：

“丁德安的话，也就是对柳朝品的所谓开导，道出了某种真相和本质。也即是上次鉴定会上对你所作的概括。小叶呀，你好好记下来，实际上就两句话：分析批判重，检举揭发轻；近的明的重，远的暗的轻。这个问题组织上可没看轻呐！我们认为这关系着你反动立场是否真正转变的问题，有必要对你继续考察。另外，还有一点，就是你的劳动观。从你劳动的实效来看那是无人有异议的，组织上甚至认为，若你没戴帽子，凭你劳动的干劲和工效，完全评得上劳动模范。这表明，你的劳动改造确实不差；但组织上也强调，我们党是效果与动机相统一的唯物主义者，光看动机或光看效果都是片面的。你把劳动当体育，说明你的动机有问题，这一点希望你加强学习提高认识。”

王书记说到这里，把手一挥：

“好了，大家认认真真地就方益民、席飞扬重回人民怀抱的事讨论讨论吧！谈自己此时此刻的想法，谈对未来的展望。你小叶，还有什么想不通的地方，会后还可以找我。”

叶根没找王书记，他还能说什么？他既不需要安慰更不需要鼓励。流放以来，他出那么大力，流那么多汗，忍受那么深的痛苦，经受那么久的磨难，目的只有一个：就是争取尽早摘掉头上这顶右派帽子。这顶帽子无形无体，却日里夜里压得人喘不过气来。

“你也用不着太难过，”老丁拍着他肩膀说：“先替方益民席飞扬摘帽子是必然的，他们毕竟原来都是共产党员。你我算什么呢？再说，摘有摘的道理，不摘有不摘的讲法，要想得通呐！”

“没想到小柳会这样恨我。”叶根不无伤感地说。

“那是他以前不懂事，太年轻幼稚。现在不是跟你蛮好嘛！”

唉，这种时刻，这种季节，叶根是何等惆怅！望着眼前的深秋景色，他下意识地又忆起了去年今日填的一首《卜算子》词。这是他有生以来第一次填词，当时曾寄给他的父亲。父亲回信说：“读罢我儿《卜算子》，不禁老泪纵横。”

因为这首词竟能感动一生对做学问苛求责备的父亲，叶根反而欣喜若狂。

卜算子·囚犯（1958年秋）

细雨又斜飞，黄叶秋风碎。远近朦胧一片灰，囚犯伤心泪。

难得见爹娘，易与爹娘背。醒里思亲梦里归，梦醒人憔悴。

《卜算子·囚犯》对叶根有特殊意义，也许不仅仅止于作者父亲身受的感动。这感动反过来强烈地激发了儿子的写作灵感并使他成为一名诗人，这可能也是个重要缘由。还不止于此，这首小令是叶根学写古诗词的处女作，完成于1958年，而在整整四十年后，也就是1998年被授予“中国当代诗词精品奖”之一等奖。这恐怕是任何人包括叶根的父亲始料未及的。

雕虫小技却获如此殊荣，世间很多事都这样，运气来了门板挡不住。但话说回来，它毕竟还不算水货，专家学

者对这件作品如是评说："虽然通篇似白话口语，但一'背'字何等妙用！接着又蒙后'梦里'拈连出'醒里'一词，异常新颖却全无生涩之感。"

溢美之词这里就不多引用了，还是回头来说说叶根那段日子的心情。一天他独个儿在一处干活，禁不住深深地怀念起梅大姐来。梅大姐冒着危险暗中探视和警报他的情景，又一幕幕在他眼前重演……在组织上对叶根作出结论并决定下放他监督劳动那段时间，梅大姐因涉嫌通风报信而被监视起来。但毕竟查无实据，充其量也只能怀疑而已。她不像叶根或其他人那样有右派言论，也没有公然抵触"反右"的迹象，运动后期听人说落进了"中右"那一档。

叶根忘不了在危难时刻梅大姐为他所做的牺牲，也忘不了她对他的美好情愫。

前不久，他摘帽子的希望破灭了，似乎，连同那旷日持久的耐心和毅力都毁于一旦！他感到身心交瘁，万念俱灰，无颜见忧心忡忡的父母弟妹，愧对牵肠挂肚的亲朋好友。什么难堪的结局都想过了，但他不愿再想到死，尽管曾有那么一次例外。

他不是个轻生的人，却实实在在感到生的艰难。死是很容易的，对于生无乐趣的人。一块刀片或一条裤带就能使人解脱。去年劳动营有位讲师，因肚子饿偷吃了地里的黄瓜而被狗血淋头地批斗了一整夜。

"知识分子还说什么清高，臭！"

"叫花子连嗟来之食都不吃，知识分子居然去偷！"

这位讲师臭知识分子觉得自己身上的污水洗不干净了，便在又一天夜里用裤带悬梁自尽了。

死，只求解脱自己的痛苦而不顾念亲人的悲伤，不是大丈夫的行为。叶根在任何情形下都须顽强地活下去，哪怕再经受磨难，哪怕再忍受屈辱，他的身体和生命来自父母的血肉之躯，本身就是父母的血肉，做儿女的不能伤害只能守护；他的理性和良知认定这场“反右”是错误的，不仅在政治上是个错误，而且违背了道义。他只要不死，就必定有翻案之日。

又是那烟雨迷蒙的西子湖，空中游荡着香气和凉意，撩人肌肤，沁人心脾。深绿色的涟漪从小船两边散开，宛如少女分披的卷发，和岸边青青的垂柳对舞。后山灵隐寺在浓荫掩映下的石级顶端，祥云环绕，圣洁庄严，传来悠扬飘忽的钟声，予人生命的启迪。

独驾一叶扁舟，领略湖光山色，感受时流空远，是梅青春年华的最高旨趣、最大欢乐。这儿筛滤了她的思绪，陶冶了她的性情，孕育了她的智慧，成形了她的美丽。

转瞬间，西子湖又变成了慵懒困倦的未名湖，梅仰靠在石椅上，怀抱着拜伦的一本诗集，两眼却呆呆地望着未名湖弯弯曲曲的身躯和满身覆盖的残枝碎叶。湖水一动不动，静止得就像昏睡了一般。她有种莫名的失落和惆怅，起身缓缓地向背后的山林走去，朝上的石级托起并延伸她沉思的脚步。走出林区，经过北大图书馆的红墙……

突然，眼前波涛滚滚，她脱去轻纱，只剩一身泳服，跳进浩渺浑浊的长江。成群成堆的健儿在江心横渡，只见人头攒动，浪花飞扬。梅时而蛙泳时而仰泳，在浮力厚实的水面上腾挪翻转，鱼般灵巧、蛇般婀娜。

临近江水急流时，一个身手敏捷的青年碰着她的臂膀并越过她的水位，那青年回头莞尔一笑，示意她跟上。可是她已感觉疲乏力不从心，刚游入汉水时，就见奔涌的激

流推着那青年远去，一眨眼便看不清人影了。

梅近来经常做这样的梦，她不明白为什么。这梦总是缠绕她，令她醒来后无法平静。这天她半夜醒来，见窗外漫天星斗，光华四射。

这又预示着什么啊？她一边冥思苦索，一边久久地凝视着夜空，似乎在寻觅什么精灵。久久地，专注地，眸子都不转动，疲倦地又坠入了梦乡。

于是，她看见无数支冲天火炬，把黑夜照得通明。火光中有个人五花大绑浑身血迹，那就是叶根！他被熊熊的火炬簇拥着前行，一直走到天的尽头。

叶根回顾“反右”这场浩劫的前前后后，最可敬可亲的人不仅是蒂兰还有梅大姐。他忘不了在危难时刻梅大姐为他铤而走险，一辈子都欠她这份恩情。他对她的思念与日俱增，恨不能立即飞到她的身旁，抱着她痛哭一场。

叶根独自伫立夕阳的余晖里，遥望苍穹，像一尊朝圣者的雕像，蒙着满身尘垢，燃着一炷魂香，用看不见听不到的琴弦娓娓地奏出一支心曲，这就是《美人娇》。

美人娇（1959年10月）

当红霞升上你脸颊的时候
啊你真美
我仿佛看见少女贞德
从你那逝去的梦里
又悄悄转回
你那样轻轻动着嘴
真叫人心醉

望着我想要说些什么
又总是无声无息
两眼低垂
我常和你说囚徒的故事
他们意志坚强
灵魂高贵
尝尽了命运的悲苦
人世间各种滋味
岁月结伴着忧愁
青春像流矢飞过
满身链条当作衣衫
鲜血是纹身的花朵

而你
听着这些就像着了迷
说是夜里做梦我被捆去
满天星辰千丈火炬
如今我拖着沉重的步伐
流放在穷乡僻壤
再看不见你嘴唇的凄动
也忘却了你颊上的红霞

蒙蒙的清晨
直到漆黑的夜晚
劳役绞干血汗
严刑摧折心肝

唯有苍穹和我低语
大地与我同憩
我在万籁寂静中默默祈祷
原黎明到来霞光普照

啊你不见远处山峰
蒙着层层云雾
黄昏似一件天衣
遮不住它的忧悒
它独自冥想
耸立在天的边际
彩霞片片飞落
几时再能升起
芳草无言任寒流侵袭
野花暗长深山谷里

山峰蒙着云雾
远远地静悄悄地……
然而这一切又算得了什么
没有苦难哪有欢乐
宝剑入鞘并未失去光辉
斜阳落海大地没有沉睡
被枷锁禁锢的人们
将会把牢笼摧毁
疾风就要吹彻大地
暴雨又将洗净尘埃
那时候我们会在一起

向自由之神虔诚参拜
那时候我们会重新编说故事
让它流传千年万代

第九章

又一个初春的早晨，又一次无奈地爬上一辆卡车，又一遭默默地去一个陌生的地方。

不过这天阳光和煦，卡车也未张篷，他虽然沉默不语，心头倒不十分苦涩。因为这回不再是去劳动改造，而是被省人事局分配到一个小县城工作。

卡车是从粤汉铁路边一个小镇开往那个县城的，那县城的名字也带个“城”字，叫做T城。他先坐了两个多小时火车，然后才改乘这辆卡车，可知T城不在铁路边上，那地方是个偏僻的山区。

车上乘客不多，总共十来个人，说话全像少数民族语言，他一句都听不懂。从形态和衣着看，却是汉族，可能是农民。他们无拘无束地聊天，有时用眼打量一下同车的这位青年，饶有兴致地猜测他片刻不离手抱在怀中的小提琴匣，似乎从未见过，神情异常诙谐。

公路时起时伏，但还算平坦，坐在车上没什么颠簸或不适的感觉。叶根不动声色地望着迎面而来的山崖，转瞬间又见两边开阔的田野，田里盛开着金黄色的油菜花，在阳光下十分绚丽，散发出令人晕眩的气息。卡车跑了一阵，驶入一条狭长而阴凉的山谷，于是耳边传来淙淙的流水声。他很自然地想起了古代那些田园诗人，情绪逐渐兴奋起来，T城会是什么样子呢？

半个月前，省人事局一位干事对他说："只要你能自己找到工作，有接收单位，我们就把你的关系转过去。"

他通过一位朋友的介绍，如约到W市杂技团去面试，玩杂技他哪能呢？但可以到乐队去搞伴奏，当时杂技团正在扩充编制。

乐队队长对他说："你先拉两支二胡曲子吧，一首深沉的，一首欢快的。"

他先拉了阿炳的《二泉映月》，然后拉刘天华的《空山鸟语》，队长听罢点了点头，没说什么话。接着拿出一本练习曲，翻出两页考察他的视奏能力。

"还会什么别的乐器？"

"小提琴。"

他按事先准备的拉了一首回旋曲和圆舞曲，队长喜出望外，握着他的手连连说：

"很好很好！明后天就来报到吧，下星期我团从广州出国演出，你可赶上了好机会！"

别提叶根有多高兴，他三步并着两步到了家，把这一喜讯禀告双亲后，便马不停蹄地奔赴省人事局去转关系。

接待他的人还是先前那位干事，瘦瘦长长，四十来岁，只是一脸的和善换成了十分的严肃。

“不行。”听完叶根的叙述后，干事紧锁眉头，在办公室里来回踱着方步，阴沉地说：“我们会对你作出安排的，你不能去杂技团！”

“为什么？”他如冷水浇头，连声音都开始发颤。“怎么不行？不是你们要我自己去找工作单位吗？”

“不行——”干事加强语调，拖长尾音。“怎么能自己随便找单位呢？你先回去，等通知吧。”

“不，我要去杂技团！他们需要我。”

“需要？需要什么？杂技团知道你的情况吗？你需要继续改造和锻炼，知道吗？”

“我已经摘了帽子呀！”

“帽子是摘了，很好。但若是翘尾巴，还可以再戴上。帽子捏在群众手中呐！”

这几句话使他浑身冰凉，一直凉透心脏。过去几年艰苦的劳役，痛苦的改造，一幕幕难堪的景象迅速在眼前闪回。他好不容易熬到了今天，而今天帽子仍捏在“群众”手中！他还能硬抗吗？那可是血的教训啊！

干事见他没作声了，便缓和了一点口气：

“你在劳动改造中表现不错嘛，现在重回人民怀抱要好好珍惜。前天T城县领导来我局要人，急需支援文教方面的干部，我们可以派你去那儿教书。你准备一下，好吗？”

“T城？T城在哪儿？从没听说过。”他注视着桌上一张地图，“地图上都没这个点。”

“瞧你说的！T城距本市并不很远，在咸宁地区。你还是先回去，我们会很快通知你的。”

叶根万般无奈又愤懑异常地离开了省人事局，心里空荡荡的，沮丧地返回了家。

“你根本就不该去杂技团。”刚从医学院毕业的二弟文文说：“共产党能让你这样的人登台表演吗？再说，还要跟杂技团出国！不怕你跑了才怪呢。”

“跑？跑哪儿去？”小妹丽菁问道。

“政治避难呐。”

“不要乱讲！什么政治避难？嫌你哥哥闯的祸还不够大是不是？”母亲连忙制止老二，生怕隔墙有耳。

这时，沉默了好一会的叶教授开口了，他的声音很平和，饱含着爱怜和鼓励：

“其实，去教书倒是不错，灵魂的工程师，比你去当别人的伴奏强。你平时不是总爱讲《乡村女教师》那部苏联影片吗？我们本来就是教师之家嘛。”

“就是退一万步讲，也比流放好。”母亲安慰儿子：“起码不会再干那些苦役了。”

母亲话还没说完，文文又插嘴了：“这就是流放！第二次流放。当然，说得好听些，叫下放也可以。总之，反正，像哥哥这样划过右派的人是不能留在城市的！就像人事局那家伙讲的，你需要继续改造，就这么回事。”

叶根还真没想到，摘了右派帽子，“回到人民怀抱”，依然被组织当成异己分子，就好像从监牢出来一样，得不到人们的信任与宽容。他陷入了失望和困惑，一直没表示同意去T城，就在家待着。

果然，过了几天省人事局打电话来，叶根与其争执了一阵。最后，那边甩出一句狠话：

“究竟是你服从组织还是组织服从你！”

卡车继续前行，在暖洋洋的春光里，乘客们横七竖八惬意地瞌睡着。叶根想知道将要去的地方是何等模样，被一种强烈的悬念支配着，毫无睡意独自抽烟，浏览沿途风景。不远处一条宽阔的河槽出现在山下旷野，半边干涸半边淌着浅浅的清流。这水肯定是从山顶流下来的，经过反复过滤，才变得如此明净清澈。

好山好水的念头使他感到一些快慰，多少抵消了一点远离城市远离亲人的遗憾。不一会儿，已至中午，卡车开进县城了，车速减慢，乘客醒来。接着，一条十分热闹的街道、两旁鳞次栉比的商店充塞了整个眼帘。熙熙攘攘的人群衣着鲜艳，情绪活跃，无论男的女的都似乎在追逐时尚。

难怪这小县城的名称里带了一个“城”字，看来还真不乏城市的习俗和景观。也不知在什么时候，是些什么人，于这四面环山的一小块平地上聚成了一个村落，尔后又建起了这么一个城镇。这里不仅四面环山，而且属三省交界。

正由于其特殊的地理位置，T城的居民几乎一半是外地人。各种生活习俗，人文景观汇集于此相互交融，使这个独特的小县城偏僻而不闭塞，局限而不保守。比如这里饲养的生猪名闻遐迩，细皮嫩肉，用的全是熟饲料，这便是湖南的传统。过年时席上的美餐也是湖南式的腊肉而非湖北的腌肉。腊肉用松树枝或花生壳熏烤而成，腌肉只用盐腌制而已。两者之口感虽不能说天壤之别，但前者之美味胜过后者多少倍就不言而喻了。很多美食家觉得它丝毫不逊色于金华火腿。

这里方言深受江西的影响，有些说法保存了外地的口语。比如“你老人家”说“你郎家”，“吃饭”叫“掐饭”，“做什么”叫“搞么里”等等，致使湖北本省的方言俚语反倒失了市场。而说“人”为“宁”，“石头”叫“洒头”之类竟如同上海话。真可谓五花八门杂音交响。

要论此地最开放的，莫过于特别自由的性爱生活了。T城的人说起妇女偷人——他们叫“捞人”——并不十分痛恨和鄙弃，总是在愉悦中夹带些许欣赏。因为他们认为能“捞人”的妇女必定风流美貌，丑八怪是捞不到人的。这里没有从一而终的观念，男女双方多半都有情人和相好的，因此互相都比较宽容。

叶根在这个第二次流放地不像三五农场只待了两三年，而是二十一年！他一生最宝贵的年华都奉献给了这个山区。他在T城流过汗也流过血，他曾被人伤害也曾被人救护，他失去的永远失去了，而记忆的便成为了永恒的记忆。

叶根到达T城，走进招待所，吃了饭，洗了澡，想了解一下这个陌生的地方，便上街去转转。这个城镇非常小，从南至北不到一个时辰就走完了。也许正因为小，人口显得有些密集，市面也比较热闹。

他和一家卖杂货的老板闲谈，得知T城是湖北最南的县城，一边挨着江西，一边接壤湖南。这个三省交界处由于偏僻，又属丘陵地带，过去是个老苏区。解放后为了开发，大量吸收外地人来此工作，现在外地干部的人数不仅超过了本地土生土长的，而且多半位居上层。

第二天，他带着省人事局函件去县组织部报到，组织干事要他在招待所等消息。当时县文化馆一位女同志正准备调走，组织部经过研究，认为叶根去顶那个缺比去教书更合适，便通知他去文化馆。

分配到文化馆的当天，馆员们见新来者手里拎了把小提琴，有点兴奋，帮他安置妥当之后，便要他拉两曲听听，察察他的水平。

拉手风琴的李国平问他：“你累不累？”

叶根回答不累。

“那，我俩合奏一曲玩玩怎么样？”

叶根明白那“玩玩”的意思，二话没说，便和手风琴调弦，随即奏出一段饱满的和弦与急速的琶音，李国平一下愣住了，不知这位新来者拉的是什么。但他不好意思示弱，便皱着眉头说：

“嗯，这支曲子好久没练了，还是换支别的吧。”

叶根暗笑，这曲子根本不存在，是我的即兴演奏，你就慢慢练吧。

“换什么？你说。”

“《多瑙河之波》如何？”国平问。

“来吧。”

于是，鼓钹也打起来了，铃铛也敲起来了，十分热闹。国平与其他馆员们完全没料到这位新同事的小提琴技巧竟如此娴熟，不但音准音色无可挑剔，旋律之表现和节奏之处理均显示了深厚功力。此时不仅文化馆所有的同事都围了过来助兴，还吸引了许多街上闻声而来的看客。

“嗬，小提琴配手风琴！真是油条配豆浆。”一位旁观者兴致盎然地说。

“没错，”国平笑道，“你这话内行。”

有人问：“国平，这位提琴手是从哪里请来的呀？”

“不是哪里请来的，就是本文化馆的！”国平自豪地说。

“拉得太好了！我们县城找不出第二个。”

“绝对是第一把手！”国平答。

叶根与同事们一连合奏了十几支曲子，都是国平点的，无非圆舞曲、小步舞曲、嘉禾舞曲之类，全是舞会上常用的曲目。

“干吗尽拉这些曲子？”叶根初来乍到，对此不解。

馆员们告诉他，县城的人主要娱乐就是跳交谊舞，几乎每晚都在县工会举行，因为这里外地干部多。而文化馆在城关的工作也主要是伴奏舞会。

“你来得正好，”国平说，“今天晚上就上班吧，也让大家早些认识你。”

同仁们建议国平和叶根准备一套全新的曲目，带给大家振奋和惊喜。

此外，国平还提出让叶根在晚会上独奏几支小提琴曲，即便他不能伴奏，也能产生轰动效应。

这小伙子人不错。叶根内心独白：心胸开朗！刚才我倒有些小气了。

不难设想，当晚叶根的首次亮相和出彩，令T城的舞迷和潇洒人士耳目一新，欢喜雀跃，而文化馆乐队名声因此大振。

叶根对着那么多陌生人，少许有些腼腆，他只顾拉琴不说话，一切跟随国平的安排，尽管如此，还是成了全场瞩目的焦点。人们饶有兴致满怀疑似的议论纷纷：

这个新面孔是来T城客串的还是落户的？是外地人还是从外地归来的本地人？已婚抑或未婚？有无女友？何等学历……一刹那文化馆人都成了探询的渠道，而叶根本人则成了众多佳丽争邀的舞伴。

县人民医院有两个年轻的护士，一个叫小汪，一个叫小唐。两人都先于叶根一月从W市卫校毕业分配至此。小汪性感丰满，性情温柔，能歌善舞；小唐身姿挺拔，伶牙俐齿，模样标致。这两个小美人一到医院便成了男士追逐

的目标，据传均已名花有主。不料她俩自与叶根在舞会上相识后，一下了班就往文化馆跑。而这个叶根，已经不是从前那个既富于激情又饱含纯情的叶根了。

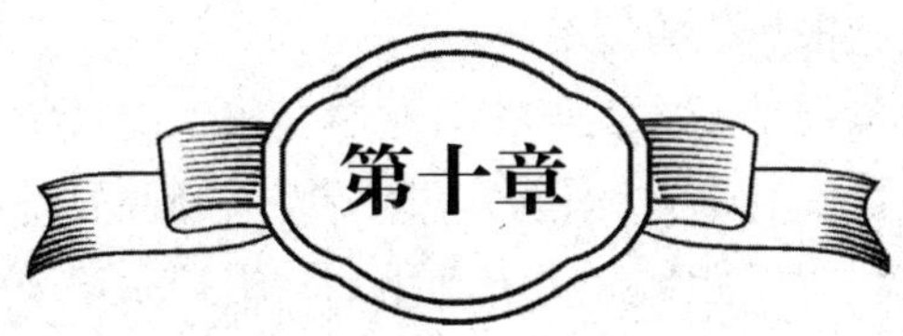

第十章

叶根自1960年摘帽后，仍在继续劳动，并未立即安排工作。不过劳动的地点改变了，除方益民和席飞扬调回原空军部队搞地勤外，原在三五农场高湖改造的那一拨人全部转到了W市省委机关农场。

上级念这些老右们在三五农场苦了那么久，有意在生活上多给些照顾和安抚，所以把他们调了回来，并且允许他们每月回家一次。劳动方面强度也降低了，除叶根和老丁共一条船，每天早出晚归在东湖打猪草外，其他人都在果园干轻活。同时，为了让他们认真学习马列和毛主席著作，减少了以往那种思想交锋，增加了笔头考试，没料到叶根这小子竟能混个100分，因而当了组长——劳动改造思想改造的组长。

他和老丁在东湖打猪草的日子，是劳动改造期间最惬意最无拘无束的时段。上午驾船出去，在浅水地带用钉耙

把湖草捞起来，装满船后也不过十点多钟。然后两人坐在船上聊天抽烟，老丁在船头叶根在船尾，因为桨在船尾，而划桨是叶根包揽的任务。

叶根驾船的技术就是在东湖学会的，一旦学会后就得心应手。面对什么风向他该怎样调整桨叶，何时用单桨何时用双桨，以及顺风时根本不用划只需控制桨……这些他都饶有兴致，乐此不疲。至于老丁，求之不得，猪草装船后便乐得享清福。当叶根从容驾船向湖心亭驶去时，老丁就舒服自在地躺在船头哼唱皮黄。他俩要把随身带来的午餐饭盒送到湖心亭蒸热，饭后还要在那儿美美地睡个午觉。

偌大的东湖就只有他们两人，头上蓝天白云，身边碧波青草，凉风宛如天使般柔情抚慰，又好像仙女在轻歌曼舞。有时细雨飘落，洒在湖面，直如珍珠翻滚繁星闪耀。微波敲击舢板的声浪，诉说着无穷无尽的人生之谜。

在这样的环境和氛围中，叶根随意地填了一首小词，念给老丁玩赏：

清平乐·东湖打猪草

东湖细雨，粒粒珍珠米。宛如青丝千万缕，恰似银针白玉。

渔哥一叶轻舟，随波任意漂游。波又轻敲舢板，几多谜在心头。

“嗯，不错！”老丁全神贯注，“再念一遍。”

“不是恭维你咧，这首词实在漂亮，是我读过的最好的清平乐之一！‘波又轻敲舢板，几多谜在心头’！你真要感谢共产党咧，不把你搞到这里来劳动改造你还写不出来。”

有时，他们从湖心亭回程，会遇着大风。叶根便一手掌舵一手扶桨，借风力让木船像快艇般急冲，水花飞溅全身，船只时而跃起时而扑下，很有几分惊险。每当此刻，老丁总是正襟危坐，睁着他那双滚圆的大眼睛，紧紧盯着前方目不斜视。还算幸运，两人没翻过一次船。

返程时有风而风又不太大，这两人就快活得似神仙了。船儿会顺畅而平稳地把他们送回驻地。可以这样说，在省委机关农场的那段日子，是叶根和老丁终身难忘的美好时光。

有桩过去的事须在此追述：

叶根到三五农场不久，便从母亲的来信中得知蒂兰离开了他家，事情经过出人意料。她父母不仅同时沦为专政对象，而且被迫离了婚，天各一方。

有天叶根家正在吃饭，市公安局来了一男一女，说是蒂兰的外婆在法国巴黎，正千方百计通过外交途径要把蒂兰接走。

母亲信中说：“她舍不得我们，还说要等你回来，但拗不过公安局的指令，只好眼泪巴叉地跟他们走了。从此一去无音讯，你爹到公安局去打听，他们说蒂兰已经出国。”

母亲还说：“蒂兰能跟外婆生活再好不过了，你也不用再牵挂，好好劳动争取早回家来。”

现在他终于回家了，却只能捧着与蒂兰临别前的纪念照久久凝视，除了默默为她祝福之外，还能说什么，还能期盼什么？今生今世，再也见不着自己最心爱的女友了。

在家歇了两天，他要去科学院探望梅大姐，不料也遭到母亲坚决制止。

“你现在不能去！”

“为什么？”

二弟文文说：“哥哥，你好糊涂，以为摘了帽子就万事大吉了？没听人们怎么说吗？还是右派啊！只不过换了个名字而已。”

“什么名字？”

“‘摘帽右派’呀！比右派好不到哪里去。”

叶根无语，也无法理解。

“梅大姐现在不能见你！你莫再给她添麻烦了。”母亲是劝阻也是开导。

文文又接着道：

“你摘帽后，我陪妈妈去过省人事局和科学院，想知道你能不能再回科学院工作。是人事局要我们去问科学院的，科学院的人爱理不理，说“反右”时的领导有的不在了，有的调往了别处。我们正为难，突然记起了你说过的那位同事梅大姐，想通过她再找找有关的人。

梅大姐在我们求见后出来了，她神色不安，身边还有个家伙跟着。梅大姐对我们很谨慎，但还是看得出有些热情，她说她可以帮我们去问问，去说说，但是现在负责人上北京开会去了还没回来。

停了一会儿，她又说，你现在回科学院，估计可能性不大。身边那家伙听说你摘了右派帽子，稍稍放松了监视和监听。

梅大姐送我们出门时轻声告诉妈，“反右”后期她被划为“中右”，说是一直与你敌我界限不清。还说你在科学院影响太大，至今人们还在议论。最后嘱咐了一句：‘千万别让叶根来找我，这里人都认识他！’”

叶根更加茫然失措。

他深知自己的问题使梅大姐陷入了困境，害她长时间接受审查，不怨梅大姐不见他，只感到内疚。他欠她的恩情至今未还，也无法偿还，难道还能让她再付出牺牲么？事实上叶根对梅大姐唯一的报答——假如那也算报答的话——就是在劳动改造期间写的那首白话诗《美人娇》，这首诗是他献给梅大姐的心声。现在他觉得该诗毫无价值了，也因为怕给她再惹麻烦，《美人娇》至今没有寄出。

也许，今生今世，梅大姐都不会看到其中的片语只字。

他独自走上蛇山，缓慢而沉重地来到山头，迷惘地凝视着远方。三年前他与蒂兰在此伤别，也是这般凝望：对面龟山依旧，归元寺依旧，木鱼声必定仍在敲诵。山下浑浑的长江，还像从前一样波澜不惊，涛声不响，慢慢地横流向东。永恒的事物没有改变，可是人生变数之大，竟至于无穷。

他的心被掏空了，里面除了痛——一种难以言喻的痛之外，没有任何其他东西。没有思想，没有意识，也没有了幻象。

他那么不顾一切拼命地劳动究竟是为了什么？

摘帽子啊！可是摘帽子又为的什么呢？不就是能回家来和亲人团聚么？是的，他又和爹妈弟妹们在一起了，对他说来人世间再没有什么比这更珍贵的了！这一生一世也再没有任何时刻比现在更幸福了！

然而，除了至亲之外，他的心里还有两个梦魂萦绕寤寐思之的人：一个蒂兰，已经离去千山万水；另一个梅大姐，近在咫尺也远隔天涯！

他仰望高天，俯视长江，斜阳西下，波光遥闪。

明媚的憧憬风流云散，凄美的幻梦漏尽更残。

后来的情况就是如此，右派摘了帽子说得好听叫“重回人民怀抱”，说得不好听就是“摘帽右派”。别说梅大姐这样与他有牵连的人，就是一般群众也不愿或不敢和“摘帽右派”接触。

“摘帽右派”回城，和古代罪人刺配好有一比，只是方向相反罢了。“摘帽右派”的称谓和古代罪人脸上的刺字是同样的标记，一个无形一个有形。无形之可怕更胜于有形！

比如在稠人广众的集会中，主席突然宣布，现在要传达几号几号中央文件，“‘摘帽右派’退出会场！”

这种突如其来的宣告无论对“摘帽右派”本人还是对全体与会者，其冲击和刺激都是巨大的。于是大家怀着各种各样的心情——多半是幸灾乐祸的心情，蔑视着那狼狈不堪的可怜虫，垂头丧气地从长长的过道里消失。

开会之前无任何人向“摘帽右派”通知不准与会，因此他去也不是不去也不行。有时明知去了会被中途赶出，但又不敢违反纪律。领导们的意图就是要对这种人当众羞辱，“继续搞臭”。

所以有些“摘帽右派”甚至宁愿在乡下或边区继续劳动，也不想“回到人民怀抱”中。因为在一起劳动改造的人彼此身份相等，“大哥不说二哥”，不会歧视；而一旦“回到人民怀抱”却是绝对孤立，别妄想自己也属其中一员，两种环境之心情可想而知。

又比如，你在工作中很努力，有了一点成绩，便会遭人嫉恨。人们认为你没有资格出风头，更无权利受褒奖，因为你是“摘帽右派”；如果你工作中出了差错，就会罪加一等，领导认为你右派本性难改反动本质没变；于是你只能不好不坏平平庸庸地混日子，活着与死去没多少区别。

再比如，你想结婚，好不容易谈了一个对象，当大事即成之时会有人出来打破。他们向对方或其父母大敲警钟：谁和“摘帽右派”结了婚，子子孙孙都是右派！你根本无法挽回，因为你无力反驳。

不仅如此，你的子女或兄弟姐妹考大学不会被录取；参加某些工作政审也通不过；谁胆敢和你交友，他就别指望入团入党。你这个“摘帽右派”实际上成了一件毒品。

……

上述种种切切，并非“重回”之初就能立即感受得到的，它随时间的推移而显现，而愈演愈烈，直至彻底粉碎“重回”者的无知和幻想。

叶根的“重回”经历就是个典型的例子：满以为能与梅大姐重逢，不料几年的苦苦期盼成为泡影；他按省人事局的指示自谋出路，没想到考上了W市杂技团人事局却不准他上任；他为T城文化馆注入了活力，提高了单位的号召力，招来的倒是嫉恨、排斥、和中伤；他在文工队竭尽其所能丰富农民生活，深受普遍欢迎和赞誉，却无法继续本职工作，仍然被东调西遣当成杂耍；尔后通过自身努力走上了教学岗位，“文革”中又变成当然的靶子，挨批挨斗就不言而喻了。

叶根正是过了很久才感受和体会到“摘帽右派”的真实含义，才真正也更深刻地认识到“反右”带给受害者的是什么。他们失去的不仅是宝贵的年华、崇高的理想、甜美的爱情、纯洁的友谊……

不！绝不只是这些，他们失去了一切！

叶根不再是从前的叶根了，在残酷的现实中人格被扭曲，心灵被异化。

世间若无亲情的支撑和慰藉，当人一旦爱情泯灭友情失落后真不知会怎样。伟大的事业心战胜巨大的痛苦和伤感，坚强寂寞地生存生活，铸造了不少优秀的灵魂。但像叶根这种平凡普通人，就只有依靠亲情护佑去走完自己的人生路。

他把亲情看得多重，从他后来常对弟妹们常说的两句话里可窥一斑：

“骨肉之情手足之情是生命的需要，爱侣之情夫妻之情只是生活的需要。”

他已接近“人过二十五，衣裤无人补”的年岁，话虽如此，于他说来真正需要补的倒不是衣裤而是肌肤，他身体强健而皮肉饥渴。自入世以来不是读书就是劳动，年纪这么大了还不曾性过一个女人。如今T城医院小汪和小唐总在他身边晃来晃去，更令他体内热流翻滚。

小汪常在县大礼堂表演舞蹈，演出前请叶根做些指点，并且每次都要叶根为她化妆。化妆时不仅他的手掌抚摩着她滑嫩的脸庞，他的手肘还不时触及到她隆起的乳房，两人都心照不宣地体验着那特殊的感受。

有次演出毕，小汪请叶根在餐馆吃饭，还敬了他几杯酒。接着，二人一路来到叶根宿舍。

他和她不约而同地并肩坐在床沿，开始左右摇摆，耳鬓厮磨。接着叶根便借酒发疯，一把挽住了小汪的胸部。她只是咯吱咯吱地笑，毫不反抗。于是他色胆倍增，手从衬衣下伸进去摸到了她的胸罩，手忙脚乱地想剥掉它却没有办法。

小汪便把衣脱了，背转身让叶根从后面把扣子解开。一刹时，这个久旱逢甘雨的男人像只饿狼般地扑向那雪白的肉体，把她按在床上，两个手掌使劲地在那一对隆起的乳房上揉来揉去，啊！这是他渴望了多少个日日夜夜、可望而不可即的、女人身上最吸引、最刺激他的东西！

小汪平摊双臂，闭着双眼，舒服地躺着任叶根抚摩。摸久了他便感觉下体有什么在汹涌，像要冲决闸口，又怕时间长了有人敲门进来，便起身离开床沿，要小汪快穿好衣服。

嗬！他长嘘了一口气，感觉从未经历过的快活，这对于当时的他，肉欲已得到了充分的满足。

自那以后，小汪简直把文化馆当成了自己的家，一下了班就买些菜来亲自烹调。她还成了叶根的家庭医生，只要他生了病或哪儿不舒服，她都亲自送药上门，为他打针，作各种护理。

叶根曾经对她开玩笑地说："毛主席是人民的大救星，你是我的小救星！"

虽然在群众眼里小汪已是叶根当然的女友，但叶根只是喜欢她而非爱恋；过去三五农场医院小丹护士留在他心中的印记，成了他久久挥之不去的阴影。谁知道这个小汪一旦获悉他"摘帽右派"的身份后，会不会也说变就变与其决裂？

同时他和她的亲热多半出于肌肤之需还说不上钟情。即便为了肉欲，也只停留在抚摩和拥抱，从没越过雷池。那时的他似乎没有深入的思想，是胆小怕事被人抓住，还是因为过于迷恋女人的奶子？小汪对此不免奇怪和困惑，每次被他撩拨得欲罢不能时他却鸣金收兵戛然而止。她又

不便询问其由更羞于主动提出进一步要求，因而常感觉意犹未尽并多少有些沮丧。

小唐见小汪与叶根过从十分密切，不免内心失衡。她为了向旁人证明自己才是叶根的对象，便想方设法找些理由和借口，把他带到医院去显摆。只要一进医院大门，她就硬挽着叶根的胳膊，得意洋洋眉飞色舞。而一旦进入她的寝室，便不由分说把他拉到床上狂吻。

她对叶根的这种行为如火如荼，但是叶根并不怎么高兴，一来他有个怪癖，不喜欢与人接吻，觉得人的口腔细菌太多；再者，觉得她肢体有些坚硬，不像小汪那么柔软。同时叶根还不喜欢她那上挑的眉毛和有些突起的颧骨，向来认为这种女人比较厉害，至少不够驯良。

文化馆原来是个少有人问津的单位，比较冷清寂寞。自叶根出现后，来访者接踵不断。有想学琴的，有想交友的，有的只为好奇，有的只为一睹这“风流小子”的仪表。一时馆内热闹非常，同事们不免产生各种看法。

有人认为他太出风头，有人认为他扰乱了正常的工作秩序，还有人怀疑他想当馆长！这也真叫洞庭湖吹喇叭哪里哪，他会眼热一个馆长的职务吗？凭他小子的性格，你就让他当县长也没什么兴趣。

然而一位姓彭的资深馆员，竟把叶根当成了莫大威胁。他年纪四十多岁，削尖的脑袋，一对三角眼，使人见了要么想走要么想吐的那种。他不会音乐舞蹈之类，却善于编顺口溜三句半侃大山等等。又特别熟悉农村情况，是上级文化局信赖和依靠的一名骨干。

老彭向来居功自傲目中无人，群众都称呼其为“二馆长”。这位“二馆长”见叶根占了他昔日的风光，自己落得门可罗雀，真是别有一番滋味在心头。

当他得知叶根竟是一个“摘帽右派”时，便如获至宝！这种角色居然敢在老子跟前逞能，简直是吃了豹子胆。他恼羞成怒又老奸巨猾，必拔除这个眼中钉肉中刺而后快！于是，“二馆长”一本正经地向文化局长建议：

“叶根同志是名大学生，有水平。但他那一套尽是洋把戏，不适合我们县一级的文化工作需要。是不是让他到下面去蹲蹲点？了解了解民情。”

局长说：“现在整个城关都反映他不错，机关舞会办得红红火火。大家正在兴头上，这时把他弄到乡下去，你不怕别人有意见？”

“有件事您可能不知道，”老彭煞有介事故作惊人之语，“现在医院就对叶根有意见！他们对我说：老彭呐，你们文化馆要好好管管叶根那小子呀！他跑到医院挖我们的墙角，搞得主治大夫都不安心工作。”

“挖什么墙角？”局长不解。

“医院的护士迷上了叶根呐！”

局长笑道：“恋爱自由嘛，这有什么？”

“反正影响很不好，那两个护士小汪小唐天天往文化馆跑，她们都是有了对象的！闹成三角恋爱多角恋爱我们工作就被动了不是？”

局长沉思有顷，然后说道：“下去锻炼锻炼也好，知识分子和工农结合。老馆长去省里学习还没回，你就安排一下吧。”

瞧瞧这“二馆长”真够损的，他把叶根派往一个正在施工的大水库工地，说那儿正需要他这样的宣传人才。叶根稍感意外，但二话没说，他也不能说二话。自己刚摘帽

不久，有了一份工作，哪怕是一份并不满意的工作，那也比劳动改造强十倍！于是一边收拾行装，一边通知了小汪小唐。

临走的那天，小汪有手术没来送行，小唐打扮得花枝招展，紧挨着他说了许多情话，依依不舍的模样让让旁观者感动和羡慕不已。

叶根不懂水利，工地指挥长是位副县长，起初叫他在指挥部守电话并整理材料。一天，叶根放在自己办公桌上的一张童年照片被指挥长看见了，引起这位副县长强烈不满。

这张照片是叶根小时候在上海拍的，穿着西装系着领带，圆圆的脸蛋溢着欢乐和幸福，照片下面还印有“幸福童年”几个字。

“什么幸福童年！”副县长愤愤地说，随手把照片框推倒。在他心目中童年都应该是辛酸苦难的，比如雷锋那样。这分明是资产阶级剥削阶级！

当时叶根不在屋，下工地去了，是后来办公室另一年轻干部告知他照片的事。叶根已没有了从前的冲动，他默默将照片收起，自责道：我为何这般不识时务？

当天下午，指挥长便把他支出了办公室，要他去工地做宣传标语。

于是民工们每天看见一个文静的小伙子，肩扛木梯，手提石灰桶，连草帽都没戴，顶着烈日在土石墙上下来回折腾。什么“人定胜天”“夜以继日”“愚公移山”“突击完成水库修建任务”等等，标语不少于二十幅，而每个字都须有半个推土机那么大。

他先要勾出墨线轮廓，然后再用石灰水泥涂抹，最后还得敷油漆。从早干到黑，独自熬着苦和累。一天下来，字做不了几个，人却已精疲力竭，腰酸背痛，浑身汗透，遍体污浊。

唯一令他感到安慰的事情，是一个女民工经过他木梯时叫他下来喝口水。叶根既不知其名姓，也不知她属哪个公社，只晓得她是来水库干活的。

“喂，你真吃得亏！也不歇一下？”

她空担转身时常停在土墙边招呼叶根，并用手指指自己背上的那只水壶。

前两次叶根只是在梯子上扭过头来向她笑道：

“我不渴，谢谢你！留着自己喝吧。”其实他渴极了，只是有点不好意思。

那女孩也没多说话，瞪眼望了他一下，走了。

叶根来水库时未曾想到买只水壶，因为他压根儿就没想到在水库会干这种累活。虽然每天出工前他把水喝足了，长时间的暴晒和劳累还是把他干涸了。

“哎，你下来呀！我水壶满满的。”

这是第二次叫他，叶根感丁她的诚意，大概是“事不过三”吧，他从梯子上缓缓走下来，接过那女孩递上的水就如饮甘露般地喝了两大口。水壶里盛的是凉茶。

“再喝，累成这样！”女孩怜惜地注视着他。

叶根又喝了一口，“真太感谢你啦！”

女孩开心地笑了，甜甜地笑着，背上水壶，肩上土箕，去了大坝。

就这样，她经常带水给叶根喝，叶根在心里记住了这个善良的姑娘，但两人没多交谈什么。

不过，他开始有意识地注意和观察这个女孩，发现她

只有十七八岁，一双腿显得特别修长，上肥下细十分流畅。臀部微翘，胸部很高。一张略带绛色的鹅蛋脸，皮肤洁净而有光泽，长在长长的脖颈上。一双眸子清澈沉静，湿润温暖。头发扎在脑后，整个儿感觉像吉卜赛人。

将近个把月，标语完成了，民工们说这小伙子字写得好，是有文化的人；指挥长也十分满意，刮目相看，竟对这个没有辛酸苦难童年的年轻人亲切起来，拍着叶根肩膀说：

“小叶同志，干得不错！我现在给你个新的任务怎样？”

“小叶”差点晕了，心想，你也不必跟我套近乎，只莫对我那张照片发脾气就阿弥陀佛了。

他似笑非笑地学着指挥长的腔调答道：“什么任务你只管说。”

指挥长给的新任务叫“机动”，这是美其名，说白了就是打杂。哪里堵了车，叶根去调动；哪里怠了工，叶根去监督；哪里出了险，叶根去监控……

他在工地没遇上突发事件的时候，便和民工们一起挑土，挑挑土推推车什么的，对他来说小菜一碟。比起在墙上做大标语，真算不了一回事。

工地上的民工，无论男女老少个个喜欢他，接近他。因为他能吃苦，不像其他干部；因为他干练，不像别人拖拖沓沓；还因为他和颜悦色，也因为他模样儿有些特别。

姑娘们对这个“机动”充满好奇，担土时常尾随其后，形成一道彩虹。空转时便涌上来，跟他打趣搭讪。而他，心里只装着那个给他水喝的女孩！

劳动间歇和收工后，他身边总围满了民工，他们肆无忌惮地对他说各种荤笑话。

“小叶同志，你想不想姑勒？”

“姑勒”即姑娘，是T城的方言。

“想呀，怎么不想？”

“那你喜不喜欢俩孳呢？”

叶根脸上有点烧，不好意思地说：“还没俩过。”

“俩孳”也是方言，意指做爱。

他记得刚到T城不久，有天国平陪他逛街，经过照相馆时，国平问他想不想照张相寄回家，他说好。国平便恶作剧地指使他去跟柜台小姐说：“我要俩孳”。

叶根不解，国平笑道：“我们这里照相叫俩孳，一般不说照相，你讲本地话她更欢迎！”

于是叶根兴致勃勃地进去对柜台小姐说：“我要俩孳。”

那小姐大吃一惊，以为自己没听清楚，便问：“你要搞么里？”

叶根慢慢重复一遍，生怕自己口音不标准：“请跟我俩孳。”

站在门边的国平破口大笑，笑得东倒西歪，直不起腰来。那正羞得满面通红的小姐总算明白了，她既熟识国平，也知道这个新来T城的小提琴手。眼见国平搞这样的臭把戏，抓起柜台上一个茶杯就向国平砸去。

这笑话不胫而走，传遍了T城城关，成了叶根一大新闻。

问话的民工听叶根说“还没俩过”，既不相信又很开心，顺势把坐在叶根身旁的一个长辫子姑娘推到叶根怀里，他还没来得及反应，那女孩猛地跳起来，朝推她的民工飞起一脚，大声啐道：

“要死呀，炮子打的！”她就是那个吉卜赛。

尔后那女孩见了叶根就把头低着，可是担土总跟在他身后。

有次叶根把挑担的脚步放慢，与她并排，轻声问道："你叫什么名字？"

"罗芭儿。"她也轻声回答，扬起头注视他。

"我叫……"

"我知道。"她打断他，扑哧一笑。

"你知道我叫什么？"

"叶落归根哪！"

"你蛮会说话啊！"

罗芭儿笑而不答。

"为什么总给水我喝？"

"你不渴吗？"

"可是……"

"可是什么呀？"

叶根感觉到后面的队伍像有无数双眼睛在盯着他俩，于是加快几步又走在罗芭儿前面。他的心扑棱扑棱，像要飞出胸膛。

从工地回到指挥部，叶根收到母亲和小唐寄来的信。

母亲一如既往地要他注意饮食休息，多吃水果蔬菜少抽点烟，学习工作劳逸结合。尽管都是老生常谈，他仍感受到这世间最深切的慈爱。他忘不了每次离家时，母亲一边叮嘱他少抽烟一边又把条高级烟塞进他的挎包里。这就是一生中唯一的母亲啊！除了妈谁会这样？

小唐的信写得放肆和潦草，字里行间怨气冲天：

"我天天盼望的难道就是这样的流水账！你干些什么我根本不感兴趣，我又不是你什么领导，要听你的工作汇报。难道除了你每天干的活就不能写点别的？你真是个没情感的人，你根本就没把我放在心上！以后这样的信就别写了，我实在受不了。”

叶根只是苦笑，没怎么计较。

小汪呢，不爱写信，至今无片语只字到水库来。她也许觉得叶根的感情难以捉摸，也许工作实在太忙。对于她，叶根好像也没太多的牵挂。倒是一桩未料到的事使他惘然若失。

罗芭儿自那天在堤上告诉他姓名后，就一连几天不见了人影。他憋了好一阵子才向民工们打听，据说她们公社换班了。

这个罗芭儿竟连招呼和照面都不打一个就从他眼前消失了！他也说不清什么理由会因她之突然离去而惆怅。

罗芭儿走了，他有些魂不守舍，干什么都提不起精神，就像个泄了气的皮球。难道，男人的情感产生在一瞬间，女人的感情消失于一刹那？

休息时，他仍和民工们坐在一起，他们依然荤笑话不断，有时也添点新玩意，那就是唱山歌。几位老民工很爱唱一首表达爱情的山歌，那曲调和况味是叶根从没领略过的，虽然说不上如何优美，但它那罕见的回龙句法“阁壁水库巴岭巴壁壁巴耶山勒，我那姑勒隔河隔港港隔哟弯罗……”，密集紧凑的节奏与悠长高亢的行腔，还是令他觉得新奇和振奋，唱起来情深意远，听起来也荡气回肠。

叶根暂时抛开了压抑在心头的烦愁，激动而仔细地记录下山歌的歌词和曲谱。晚上，一人在灯下琢磨，并作了些许润色加工。他尽量保持其原汁原味，不过让旋律更加婉转流畅而已。与此同时，还灌注了他对罗芭儿的一往情深。

这首经过整理和再创作的山歌，叶根取名叫《山乡情歌》，受到了民工们的认可和欢迎，很快传唱开去。于是

县文教局物色专业演员演唱，在地区获奖后，地区又更换了演员到省里汇演。再次获奖后，省里再换演员一直唱到广交会上。

《山乡情歌》虽不算什么精品，却唱遍了T城村村舍舍。后来有幸被中国音协出版的《中国新民歌集》选入，是当时入选的两首湖北作品之一。但是歌曲作者未署叶根的名字，而是T城文教局。

尔后叶根曾致函中国音协与光明日报社，不久上面来人调查，但未能见到叶根本人，他那时调往T城二中去了。文化馆“二馆长”老彭和县剧团一位书记把调查者挡驾在城关，没让他们去距县城仅数十里的二中采访。结果来人打道回府，《中国新民歌集》上至今署的作者名仍是T城文教局。

再后来县剧团另一个投机分子又将《山乡情歌》剽窃，把它改名为一支二胡曲当成自己的作品，到处招摇撞骗，并由该团的二胡演奏者带到了德国。

这都是后来的经过，为了叙述连贯，故此作了时空跨越。

应该说当时叶根甚有维权意识，尽管知识产权问题尚未正式提出，不平则鸣也属人之常情。如今这问题闹得热火朝天，他却反而淡漠了，何况这只是一首普通的二度创作民歌，他也不怎么在乎。

话题再说回去，由于《山乡情歌》的影响，县文教局把叶根从水库工地召回，要他任新组建的农村文化工作队作曲兼导演。

文化馆又热闹起来，集合了各单位抽调而来的文艺骨干，叶根满怀希望这些文艺骨干中会出现罗芭儿，但是希望落空了。谁知道罗芭儿有没有文艺细胞呢？倒是县防疫站的小唐在列，专业剧团的演员也选了几个，大多数还是农村业余剧团的积极分子。

有位叫朱凡的大女孩，就是从公社调来的，她身体壮实，肺活量大，音域宽，音量足，叶根经过筛选排定她担任《山乡情歌》的独唱。这引起了小唐的妒忌，但她又不具备独唱的条件，连T城方言都不会说，怎么唱得好当地山歌？但她身材不错，也爱跳舞，叶根便把她安排在舞蹈组。

叶根一改往昔民歌只用二胡笛子伴奏的格局，以小提琴明亮的音色、简易的和弦取而代之，伴奏时还可作一些即兴发挥。由于唱奏互相激发，相得益彰，首次在县大礼堂汇报演出时博得了全场雷鸣般的掌声与喝彩。人们称赞叶根这首创作既熟悉又新奇，既乡土又时尚。

此外，文工队排演的所有方言小歌剧，唱腔都是叶根依据T城花鼓戏曲调记谱后整理改编的，不少形成了新的板式。这对T城汉剧团的冲击很大，因为无论城关或乡村，群众都热烈欢迎这种新花鼓戏，相反，汉剧团的演出却无人问津。

于是那汉剧团的书记便与文化馆的“二馆长”联合起来和叶根作对，不厌其烦地在文教局长面前说三道四：什么文工队不讲表演程式哪，歌剧不像歌剧戏不像戏哪，土不土洋不洋啊，等等等等。

可是文教局长对叶根异常欣赏，不但不理那些屁话，还经常邀叶根到家里作客，喝酒聊天。这位局长在T城声望极高，被公认为是最有工作魄力和理论修养的领导干部，兼管文化和教育。但他出身地主阶级，父亲又死于土改，老是得不到提拔，人们说，“章局长早就该当县委常委了！”

小唐在文工队里三天打鱼两天晒网，经常缺席。叶根批评她她就抬杠。有次排练节目完毕，叶根特地去防疫站，想找她好好谈谈。于是，叶根叩响了小唐的房门。

一次两次没有人应，正当他敲了第三次并打算走开时，房门开了一条缝，小唐伸出头来，见是叶根，犹豫了半分钟后把他请了进去。

房内床边坐着一位医生，姓梁，长得倍儿帅。叶根认识他，不仅是儿科的主治大夫，而且篮球打得不错，是县代表队一名组织后卫。梁医生也认识叶根，两人在此不期而遇，帅医显得有些尴尬。

叶根一下子明白了个中情由，大方地先伸出手去，接着随便找了个座位，自在地与两位寒暄。梁大夫反应迅速，立刻敬烟泡茶，张罗应酬。嗬，简直就是这屋里的主人嘛！叶根暗想，没准儿结婚证都拿了。

开始，小唐站在屋里，脸红红的，人呆呆的，手脚无所措，见叶根和梁大夫谈起来竟像老朋友似的，便如释了重负。

谈话间叶根得知小汪近日赴W市参加护士长培训班去了，据说她表现十分突出，领导已决定提升她，还要培养她入党。

叶根从水库回到城关，当天晚上就去看望过小汪，小汪非常高兴，和叶根亲热得天翻地覆。叶根问她为什么不写信，她总是说忙啊忙啊，看来也真是很忙，她在手术室，当然不如防疫站的小唐清闲。叶根能理解她，也能感觉到她要求进步心切，一直在为又红又专而不懈努力。她告诉叶根最近要出差去W市，可是没提护士长培训班的事。

“医院收到了不少感谢信，多半都是表扬小汪的。她是我们医院的一面旗帜！”

“梁医生说的没错。”叶根应道，“我看她生来就适合这一行，是个名副其实的白衣天使。”

他也不便在这种场合跟小唐说要怎么怎么遵守排练纪律的事，坐了一会儿便起身告退。小唐要梁大夫去买些卤菜，留叶根喝酒吃饭。叶根识相，一再婉辞离开了医院。

好，很好！小唐终于找到她的主了，以后也免得在我面前演戏了，我是羊肉没吃到沾一身腥，看你个狗娘养的“二馆长”再拿什么说事？现在小汪也不在T城，总该闭上你那张臭嘴了吧，尖脑壳！三角眼！

话虽如此说，叶根还是感到有些落寞。他情不自禁地忆起在水库工地和罗芭儿的邂逅，还莫名其妙地把三人作了番比较，结论是：对我最好的当然数小汪；小唐呢，只不过是和小汪争风吃醋罢了；而我一天也忘不了的是罗芭儿，我一定要找到这个心地善良而又姿容俊俏的芭儿！

天下的有些事就是这样怪哦，小汪那么爱叶根，人又漂亮又有工作，可是他却偏偏迷上个面朝黄土背朝天的农村姑娘！而且那女孩连招呼都不打就离开了。

我是不是自作多情呢？她除了帮我解渴之外也没怎样啊。莫非我是一厢情愿？

在T城叶根除了和小汪来往较多以外，他还有两位一老一小的忘年之交。

先说小的，名叫兰子，长得眉清目秀，透着机灵。她是文化馆对面城关镇小学六年级的学生，经常跑来阅览室看书。兰子大约十一二岁，看书时趴在桌子上神情专注一声不响。每逢周末周日，她总是早早地出现在阅览室旁边，等候开门。见了叶根便先打招呼，笑容可掬地说叶老师好。

一天，叶根对兰子说：“我给你开张借书证吧，你想看什么书一次可借两本，带回家去看，看完了再来换。”

她欢喜得双手合掌连蹦了两下："叶老师你真好！我将来会感谢你的。"

叶根笑道："将来？"

"恩，现在我还小，没这个能力，将来一定会！"

"小精灵，不要你谢我，好好读书吧。"他轻轻拍她后脑勺，带她进阅览室办了证。

从那以后，兰子成了叶根的小朋友，她还书时便到他宿舍玩一会儿，问这问那，还请他拉琴。令叶根不无惊诧的是，她听琴的神态跟看书一样专注，一样不声不响，甚至屏住了呼吸。

后来兰子以第一名的成绩考入了全省十二所重点中学之一的T城一中，依然常来文化馆借书。

再后来，史无前例的"文化大革命"开始了，武斗也随之升级了，正是这个小精灵帮助了叶根虎口脱险，幸免于大难。再后来的后来，都是后话了，那就留待以后再说吧。

如果说兰子是叶根在T城唯一的小朋友，那么还有位老太太，用T城的方言叫"老哀家"，是叶根的另一位忘年之交。她就是叶根同事李国平的母亲罗哀家。

文工队汇报演出后不久，叶根在T城的名气飙升，以前在交谊舞会上出色的小提琴演奏，欣赏他的多半是知识分子和机关干部，而今《山乡情歌》的唱响，使里巷居民和农村社员都认识了这小子，他顿时成了群众津津乐道的"公众人物"。

国平的母亲想见见叶根，便叫儿子约他来家聚聚。叶根询知国平的父亲早已去世，家中只剩罗哀家一人，便买了些滋补食品和水果去看望她老人家。

他一见这位老太太就油然生敬。原以为不拘小节活泼散漫的国平一定有位风趣的母亲，不料她老人家一身洁白无华的素服，给人异常端庄的感觉，屋内家具摆设也相当清爽淡雅。

罗哀家已年近花甲，仍然腰背笔挺，步履坚实而轻快，这不禁使他想起了自己母亲的模样。她的额头很高，眼神深邃睿智，全然不像一个普通里巷居民。双颊略显清癯，一张轮廓分明的嘴勾勒出生动的线条。

这位老太太年轻时毕业于杭州美专，尔后又从事美术教学许多年，她怎么会是个普通里巷居民呢？看来叶根这小子眼力也不差。

她并未对叶根热情迎接，只是礼貌地说了声：“来了，请坐。”

叶根的第一整体印象是这位老太太出身高贵，必定受过良好的教育，还像个哲学家。罗哀家坐着，打开了话匣：

“听人说你琴拉得不错，还会作曲。”

叶根已学会了些油嘴滑舌：“哪里！不过是山中无老虎罢了。”

老太太笑了，“那起码也是只机灵的猴了呀，什么时候有空，能不能带琴到家里来拉两曲？让我也欣赏欣赏。”

“现丑倒不要紧，就怕伯母失望。”

“看来你很会说俏皮话，”老太太微微点头，“我一个老太婆又不懂，不用这么谦虚的。”

“我看您懂！”

“凭什么？”

“凭我的感觉吧。”

老太太也有感觉，她觉得面前这个年轻人虽然有点世故，但至少不浮夸。同时看出他眉宇间还透着忧郁，便和

他聊起了家常。

叶根平时是不太愿跟人谈自己的身世和经历的，在罗哀家真诚善意关怀的目光下却情不自禁地吐了一些苦水。也许压抑在心头太久，想要找个人倾诉，可是为什么就向初次见面的罗哀家诉呢？难道因为她身上的艺术气质？抑或某些地方真像自己的母亲？

罗哀家沉静地听着叶根的述说，深深叹息道：

“你是个可怜的好后生，到我们这穷山沟来真是委屈了你！”

“伯母言重了，我这人注定了不会有多大出息。”

“千万莫悲观！”罗哀家安慰他，神情严肃，“你一定会有出息的，只是生不逢时命途多舛。人要经得住磨难才能成大器，别小看了你自己。”

谈话间国平买菜回来了，还特地带了瓶T城名酒“百丈潭”，这陈年老窖在市面上的知名度远不如五粮液和茅台，其价格却与它们不相上下。看来国平家是把叶根当贵宾接待了，平时他可不敢如此大出手。

老太太系上围裙开始烹饪，叶根在其左右帮厨。她料到了这孩子比国平勤快，也就不加阻拦。

席上，叶根首次尝到T城一道美味，就是用绿豆粥煮腊肉。T城腊肉的制作法源于湖南，但更讲究。越冬时把嫩猪肉洗净，然后涂抹粗盐，盐还必须用手掌擦进肉里，放入大缸盖上盖子，至少腌一个星期。腌好了便挂在室外风干，再用松柏枝或花生壳熏烤，直至颜色金黄香气扑鼻。

农村的老百姓没钱，平时很少打牙祭，他们就靠过年时杀猪做腊肉。熏烤成的腊肉可以再放入缸内罐里，用油浸泡着并封口，以备长久食用或待客。储藏时间久的可达一年，至次年春节仍能保持原味。

叶根是湖南人，对腊肉并不陌生，而且一生都爱吃它。但是用绿豆粥煮食，这还是第一次品尝。T城人以此招待来客，礼份情意是极重的，其他鱼肉鸡鸭豆腐之类，都只属一般，这当然是一种民俗。

国平不停地向叶根敬酒，他很有酒量而叶根却不胜酒力，两杯百丈潭下肚已感觉头晕目眩。罗哀家也能喝，不过她只喝自家酿制的糯米酒。这种酒度数低，口味淡，据说不伤身还能养心。T城几乎家家都有，餐餐都喝。

叶根从国平家出门时天色已近黄昏，他对罗哀家说：“感谢伯母盛情款待，我过些时再来看望您老人家。”

老太太握住他的手，“你没事吧？要不要国平送你回去？”

叶根答稍有点醉，但感觉很舒服，自己能走。

“国平还在床上打鼾呢，”他笑道。

“这家伙从来没有节制，好吧，路上小心！”

等国平酒醒后，罗哀家说，“我想替小叶话个姑勒。”

“话个姑勒”即说个对象。

“话哪个？”国平不解，“他那么聪明灵光，又生来这样标致牌子，眼睛长在额角上！县医院两个牌子护士他都看不中，会要您帮他找的？”

“牌子”也是T城方言，意指漂亮。

“那不见得！”罗哀家蛮有把握地说，“医院的护士算老几？我话的他一定喜欢。”

停了一会儿，又自言自语道，“这样的好后生没个姑勒岂不是可惜了！”

“到底是哪个呀？”

"你表妹。"

"你郎家这是从哪里说起?真是的!表妹已经许人家了,还接了人家的彩礼,你又不是不晓得。"

"那是你姑爹眼热人家有权有势,老子是当官的,你表妹不喜欢他!"

国平姑爹是某公社一位大队长,而他未来的亲家是县组织部长。

"那也不行哪,"国平坚决反对,"你郎家真会没事找事,再说,表妹她……"

"你表妹见过小叶,蛮喜欢他咧!跟我说起过不只一两回。"

国平还是不以为然,"见过叶根喜欢叶根的人多得很!他那么出名有什么奇怪的?只要喜欢他的人他就会同意?那医院的护士不喜欢他么?"

"你呀,又是什么护士!小叶不会喜欢护士小姐。你那表妹与众不同,我敢保证,小叶绝对满意。"

"这事成不了!我敢跟你郎家打赌。"

"你就晓得赌!成不成交个朋友怕啥?"罗哀家把手一挥,"这事你莫管,我自有主张。"

国平无奈,也不吭声了。

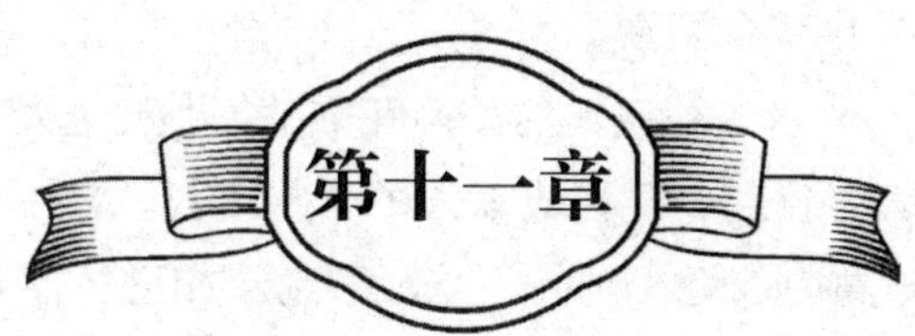

第十一章

文化工作队不是固定的组织或团体，它为配合县里的中心工作而组建而行动，宣传党的方针政策，占领农村思想阵地。这种下乡演出的活动每年只搞一两期，每期时间一两个月，都安排在农闲季节。

农民对健康进步的文艺形式由开始观望到逐渐接受到最后欢迎，特别是对那些新改编和移植的方言小歌剧、花鼓戏、歌曲和舞蹈，既喜闻乐见又感觉新鲜。对口词、三句半、顺口溜及当地汉剧团的一些陈词旧调已没市场和票房。因此文化馆“二馆长”和县剧团的负责人都未吸收进文工队，叶根实际上成了队里的领头羊。

他带队员们今天奔东乡，明晚走西岭，临时搭台拉幕，临时借服装道具，村干部和社员们对这支轻骑队十分热情，提供一切方便，尽力使演出顺利进行。

叶根对自己的工作特别投入，作为一个全国最高艺术

学府出身的专业人才，他丝毫不因为干目前的农村文化工作感到委屈，而是倾其所有，尽其所能，不仅身兼导演和作曲，还亲自登台表演。

比如一个叫《补锅》的湖南花鼓戏，他把它移植成为T城品种，从唱腔到表演程式都作了一些改创。这并不困难，因为T城与湖南邻近，民俗、乐汇都易于相通。他若不改，按原剧种演出，效果也绝对不差，但改成了T城花鼓戏，对当地群众就更具亲和力。

在该戏中他扮演小补锅匠，乐得那些老脚哀家合不拢嘴。

顺便作个说明："老脚"即老头，T城属山区，人的衰老始现于脚而非头，故称老脚不叫老头。大概城市人都是高贵的脑力劳动者，头先老就叫老头了。

与叶根演对手戏的是县汉剧团抽调来的一位青年花旦何艳，她生来一双媚眼，一副娇态，因改说本地话唱本地腔，动作舞蹈又增添了许多新设计的语汇，散发出浓浓的乡土气息，直看得后生家浑身痒痒，扯起脖子鼓噪；姑勒们情不自禁，扭动腰肢摇曳。

花旦何艳说自她出道以来，还从没这般风光过，T城花鼓戏戏味真足，真过瘾！每场演出观众把场地塞得水泄不通，连墙头树上都密密麻麻。附近十里外的社员扶老携幼接踵而至，真个像万人空巷。

演出后不少群众意犹未尽舍不得走开，围观演员们卸装，帮助队员们检场，聊天叙话，直至深夜。

文工队所到之处，除了带回锦旗还交了不少朋友。包括叶根在内，几乎每个队员都觉得这种生活状态极佳，希望长此下去，不愿解散。但这是不可能的，抽调来的干部须回原单位上班，农村社员也不允许长年脱产。

春节过后，文工队撤消了，叶根回到馆里。“二馆长”又不自在，一见这小子就如芒刺在背。

一天，他正在街上溜达，迎面碰见从水库工地回城关的戴副县长。

“您好！戴县长，回来了呀？”他招呼着。

“哦，是老彭呐，我回来开会。最近忙些什么？”

“没什么，文化馆嘛，您知道的，就那些杂七杂八的事。”

“二馆长”搭讪着，陪着戴副县长并排走。

“小叶怎么样？还在文工队吗？”

“文工队解散了。”

“上次真得感谢你们的支援呵，小叶在水库干了不少工作！要不是搞农村文化工作队，我才不会放他走呢。”

“哦，”老彭随口应道，同时脑筋开始急转弯。“他现在闲着没事，要不……再让他去您那儿？”

“他在文化馆没工作吗？”

“没事！我们馆有的是人，不缺他一个。”

“那，”戴副县长有些犹豫，“章局长他……”

“章局长到省里开会去了，现在馆里的日常工作嘛，是我在安排。”

“小叶同志自己愿再上水库吗？”

“没问题，他最听我的！再说，能在您身边工作，是他求之不得的好事呀！”

“那就再次感谢你们哪，让小叶休息一个星期再来吧，目下民工正陆陆续续上工地。”

“二馆长”正愁叶根回到馆里不好打发，没想到又喜从天降吉人天相！他急匆匆走回文化馆，对叶根说：

“戴县长特地找到我，说要你再去水库帮忙，你准备一下。”

叶根说，“换别人吧。我要写文工队工作总结，还要整理一些曲谱呢。”

“叶根同志呀，你知不知道？戴县长亲自点名要你！我也想换别人去，但他就是不答应，说非你不行！”

叶根猜测又是这三角眼搞的鬼，但他，能不服从吗？

三角眼继续说道，“本来戴县长要你明天就动身，水库开工在即。我看你在下面辛苦了那么久，又刚回来，就向他求情缓一两天。他总算给了我面子，你就后天去吧！”

叶根已经习惯于调来调去，也无所谓更换角色和工作。过去那几年的劳动改造已把他打磨成一只放之四海而皆准的风帆，即便船沉，他也能如鱼得水。

这样说法，自然未免滑稽与夸张，实际上，那是对命运和境遇的无奈哦。

然而从另一方面想，他还真不反感再赴水库工地，不仅那儿有段属于他的美好回忆，且满怀希望能在工地与他朝思暮想的芭儿重逢！

也奇怪，文工队在乡下巡回演出那么久，他竟一次未遇见芭儿。在他想来，芭儿不可能没见过他演戏或他的身影，但是，她为何不露面呢？哪怕从人群中出来打个招呼也好。是她怕周遭的人风言风语？还是怕文工队的同志说叶根的闲话？还是，他的身份变了，领队和一个担土的普通劳动者不可同日而语？或者，她是有意回避他？

猜测也好，推断也罢，总之，反正，从上次水库别后他没再见到芭儿。

既然领导再次把他派往水库，他就把全部赌注押在那里了。俗话说，精诚所至，金石为开。我的老天爷啊，你就把珍贵的甘霖洒一点在我这不走运的身上吧。

他仍找一切机会去大坝担土，许多熟悉的面孔见叶根又和他们在一起，就别提有多高兴了。可是日复一日，周复一周，就快月复一月了，别说芭儿的影见不到，连她的魂都不知在哪儿！

叶根彻底失望了，“有缘千里来相会”，她至今不来会，只能说是无缘。

“小叶，你是不是病了？”指挥长关怀地说，“我看你是给担土累的，谁叫你担土了？你现在是我的秘书！别再干那些民工的活。”

你当我对担土那么有兴趣？我这是吃饱了撑的！告诉你也没用，能告诉你吗？不说我是资产阶级，也会把我当流氓。

一天，国平托人带口信给他，说罗哀家想念他，要他抽空回城关一趟。他心里也够孤独的，这么久没去看望老太太了，便向指挥长请了一天假，下山直奔国平家，还带上了小提琴。国平在馆里上班，家中只有罗哀家一人。

罗哀家微闭双目，听叶根为他演奏《圣母颂》和《叙事曲》，不时用手绢拭眼角。

她这不是第一次听叶根拉琴了，但每次都深深感动，愈感动就愈同情怜惜这个她所谓生不逢时命途多舛的好后生。听了几曲之后，对叶根说：

“我想为你话个姑勒。”

“我现在还不想。”是真不想呢还是想要的得不到啊？

“你不觉得孤单？”

“孤单呐，就是有了姑勒也孤单。”

“这是怎么讲？听说县医院有两个护士蛮喜欢你，你看没看中哪一个呢？”

“一个叫小唐，听说跟梁大夫已经订了婚；还有个叫小汪，人倒是挺不错的，心善。她正在争取入党，而我却是个‘摘帽右派’，目前她还不知我的底细。等哪天知道了也就跟我吹了，在农场时我已经有过一次教训，护士都是虚荣的，我和这种人没缘分啊！”

“说的也是。我为你话的姑勒，跟你还真有缘！”

“谁？”

“你们见过面，互相认识。”

和叶根相识的人太多，他怎知道罗哀家何所指，“到底是哪个呀？”

“你先莫问是哪个，等一下见面，我保证你喜欢！”

叶根见老太太说的有些玄乎，就一个劲地追问，“您先告诉我我才见面，不然的话，只怕会让您生气了。”

“你呀，还蛮倔啊！好吧，就是我外甥女，她喜欢你哪！”

“那为什么从没听您说起过？”

“她倒是几次说起你呢，很想和你做个朋友。”老太太眯眼看着叶根，“我这个甥女呀，你见了连做梦都会笑醒的。”

叶根笑道，“她多大？”

“她呀，比你小些，今年满二十。真是骠肥肉满，味醇气香啊！”罗哀家说罢禁不住朗声大笑起来。

叶根像听天书，被弄得神魂颠倒。

正在此时，一声娇呼“姑妈！”响起，门外匆匆走进一位少女，你猜是谁？

她竟是——

“罗芭儿！”叶根倏地一下从座位上腾起。他万万没想到，这个让他揪心的美人儿竟会在此出现！而她，竟是罗哀家的甥女！

罗芭儿满面绯红，像盛开的玫瑰一般。她低着头羞怯地斜睇了他一眼，就连忙挨在姑妈身旁。

“么样？小叶，还记不记得她？”罗哀家见叶根一副傻里傻气的样子，兀自立在那儿无所措手足。

“谁记得她呀？”叶根回过神来，装模作样地笑道，“她早把我忘到十万八千里去了！”

“你！”芭儿恨不得掐叶根一把，只是碍于姑妈在场，才打住了。

啊，天呐！在水库工地上，在文工队里，他只要一静下心来，想的全是这个罗芭儿。他说不清为什么会如此固执地思念她，如此焦虑地渴望与她重逢。他事实上已经濒于绝望了，他已经认定未来的日子只会一天天灰暗下去，失掉颜色和光彩。

谁又能料到，上苍真向他降下了甘霖！赐福于他这个苦命的人，人世间竟有这般奇迹！朝思暮想的罗芭儿从天而降，竟然还是罗哀家的甥女，竟然就是罗哀家要为他话的姑勒！

“我到菜场去一下，你俩好好说说话吧。”罗哀家拎起篮子往外走，随手把大门关上。

“叶根哥，你来多久了？”芭儿轻声问。

他走过去，不由分说地紧紧搂住了她。一张贪婪的嘴像鼠标似地在她的头发、她的脸颊、她的脖颈四处游动。“来了一千年！你说来了多久？”

起初，芭儿有些意外和慌乱，像猫一样收缩着身躯，躲避着叶根。

她知道这个小叶喜欢她，却没料到他会如此热烈癫狂！

后来，后来她就顺从了。后来就闭上了眼睛，躺在沙发上，任他这只猎犬在她浑身嗅来嗅去。

“我好想你！”她的声音带点哽咽，用双臂勾住了他的头动情地说，眼里闪着水汪汪的亮光。

“我不想你！”叶根捧着她柔润的脸蛋，“你走也不跟我说一声，就那样在水库上消失了，真够狠心的！”

“我去了，你不在指挥部。大队的人都在等我，我只好走啦。”

“我才不信，你根本不愿见我！”

“我看见过你！”芭儿兴奋地说，“你在我们公社演《补锅》，演得真好哦。”

“那，你为什么不来找我呀？”

“你跟那个戏子谈恋爱，我找你干什么？”

“那是演戏呀！你这个傻丫头。”

“我知道是演戏，那也不能那样！”

“哪样？”

“眉来眼去的，眉来眼去的，跟真的一样！”

“哈，你就为吃醋不来见我？”

“哪个吃你的醋！我是怕你看见我也那样的。”

“也哪样的？”

“影响不好。”

“你还蛮不简单呢，这里该没什么影响吧？”

说着，叶根又把芭儿抱在沙发上热烈亲吻。

“你真浑呐！”芭儿半推半就地说。

两人亲热得不可开交时，芭儿估计姑妈快回来了，便用力推开叶根收拾房间，把沙发熨平。他看见叶根双手合掌，向天作揖，笑得差点又扑倒在沙发上。

罗哀家买菜回来了，一见两人脸上的喜气什么也不用问了，什么也不用说了。

叶根这天就两个字——兴奋。又是淘米，又是择菜，抑制不住内心的翻腾。

国平想知道叶根来了没有，从馆里溜回家探看。

他一进门就遇一股欢乐的气浪扑面而来，用眼角细窥叶根和表妹的神情，嗬！还没等母亲开口，自己心里已认了输。这两人看上去还真是天造地设的一对佳偶！原先的种种想法顿时化为乌有。

他是个包打听、信息通，神采奕奕地传说县城一些趣闻时，有件事触动了叶根的神经。

“一中高三教英语的童老师快生崽了，把我们章局长硬是急得没法。听说哪里都请不到代课老师。”

叶根奇怪，“难道一中就她一个教英语的？”

“怎么会呢，问题是童老师带了两个重点班，一个文科，一个理科，马上就要高考，哪个愿在这个时候接手？再说，一个萝卜一个坑，每个老师都有自己班里的课。”

叶根突然动了心思。

但，这对于他可是个严峻的挑战。他虽然学了多年的英语，在与蒂兰交往中口语也有很大提高，然而他毕竟不是英语专业毕业，要去教书，且是教高三的重点班，总有点铤而走险。退一步说，即便他有这份胆量，文教局难道会把这副重担搁在他肩上？

芭儿感觉到叶根似乎有什么心事，就过来问他怎么了。

“没什么。”叶根说，轻轻地拍着她的手，“我在想一件事，想好了我会告诉你的。”

前面曾提到，叶根一时在文工队，一时又在水库；今天在这里，明天又不知会去向何方。对于这种频繁而无法预卜的调动，表面上他无所谓，其实内心是很无奈的。如果有份比较安定的工作，他的生活和心境都不至于过分疲惫。尤其重要的是，他得摆脱那条毒蛇——三角眼“二馆长”！现在听了国平说一中奇缺代课教师的消息，他越想就越想去试一试，如果试成了，就不再受制于那个阴险小人了。

于是，他斩钉截铁地作出决定，对芭儿和国平母子说：

“我有事要去文教局一趟，去了就回来。”

芭儿感到奇怪，国平觉得费解，都莫名其妙地望着他。

罗哀家说：“早点回来啊，我们等你吃晚饭。”

叶根快步到了文教局，章局长见了他很高兴，随意问了些他在水库的情形。当听到叶根说明来意后，却十分意外十分为难。

“我不怀疑你的水平和能力，但一中的外语教师都是专业本科出身，他们对你会怎么想？”

叶根理解地点头，沉默着。

章局长递了支烟给叶根，自己边抽边想：现在那两个班形势紧迫，若叶根真能胜任，正可解燃眉之急。他既然敢毛遂自荐，就试试又有何妨？

“这样，”他向叶根做了个手势，“我和他们商量一下。”

局长拨通了一中的电话。

“喂，是外语教研室吗？对，是我。曾老师有课吗？那好，请他接电话。恩，曾老师你好！是这样，我替你们找了一位代课教师，接高三童老师的课。”

叶根注视着章局长，他听不清对方说什么，只能从局长的表情来解读。

“我请的是文化馆的叶根同志，你们知道他，很好。什么？恩，你尽管说，不要顾虑。对对，我们都要对学生负责。恩恩……好吧，我征询一下他的意见，哎，好的，就这样，再和你联系。”

局长放下电话，转过身来，神情犹豫地对着叶根，“他们有这么个意见，说起来，不太好说，你看……”

“不要紧，您只管说。”

“曾老师是资深的外语教研组长，他不反对你去，但必须对你进行测试。如果……你觉得这样不够礼貌，不能接受，我看就算了。”

“没问题！”叶根爽快回答，“他们这样做完全合理，我又不是学外语专业的，担心完全可以理解。我换了他那个位置也会这样。请局长回话，就说我愿意接受考试。其实这样更好，既是通过考试去的，双方都好想，也不担心别人说三道四，您看呢？”

局长从椅子上站起来，一掌拍在叶根肩膀上。

“好，很好！没想到你这么痛快。那就这样，你先在文化馆里等着，明后天再听消息。”

“可是，明天我就须赶回水库，只请了一天假。”

“这好说，我打个电话给老戴，他不是指挥长吗？事情有了结果再走。”

欣喜夹着不安，正如俗话所云，十五个吊桶在心里七上八下。叶根回到文化馆，把随身带的英语书拿出来翻阅，但那些都是小说，并非高中课本，翻来翻去也不得要领。加之，他心里还挂着芭儿，一时也看不进什么东西，头有些大，干脆，躺下来安定一下神经。

万万没料到的是，他竟睡着了！待他醒来时，天色已是黄昏。猛然记起罗哀家她们还在等他共进晚餐，便三步并着两步朝湘汉路急走。

“罗哀家，人呢？”

叶根进门，芭儿不在，国平也不在，只老人家戴着眼镜独自看报。桌上除了一副用过的碗筷之外，所有菜肴几乎未动。

“什么人？”老太太慢条斯理地问。

“芭儿呢？”

“走了，回家了！”

“为什么不等我？”

“还说呢，她等了你一下午，你到哪儿去了？芭儿在屋里坐也不是，立也不是，没见过她这样心烦意乱的。她不晓得你听了国平说什么，说走就走，走了也不回来！”

“我不是告诉你们去文教局吗？”

“哪个晓得？她却不这样想。你去文教局干什么？要那么久？就忘了芭儿是专门来看你的？”

“国平呢？”

“谁知道他死哪儿去了，吃完饭就跑啦。来，快坐下吃饭吧。我等得肚子都咕咕叫了。”

“您还没吃？”

“芭儿也没吃呀，没见你回来她吃不下。本来，她打算明日回家，跟你多说说话。你看，多没意思！”

“芭儿走了多久？朝哪个方向走的？”

“半个小时了，未必你还想把她追回来？”

“不管她回不回来，起码要向她道个歉呐！”

“都这么晚了，快吃饭吧！”

“罗哀家，快告诉我怎么走，我一定要跟她说句话！”

老太太见叶根头上汗都冒出来了，知道把他急的，拦也拦不住，就说：

“过北门桥，笔直一条马路。我倒要看看你有几大本事。”

叶根推开房门就冲了出去，一口气朝外飞奔，过了北门桥，马路上稀稀落落来往的行人还以为这小子在练百米冲刺。

他发疯似的足足跑了两百米，而后就不断地喘气，不断地揩汗，且不断地自我埋怨：翻什么书睡什么觉？为了应付一场结果难料的考试竟把芭儿忘了！我今天若追不上她，以后就别做美梦了，老根！

跑啊跑啊！他在北京求学时百米速度12秒，曾作为选手参加过市里比赛，尽管今非昔比，也不是短跑冲刺，他还是拼出了全身的力。

跑啊跑啊！他顾不得看表，也不知跑了多长时间，终于，眼前出现了芭儿模糊的背影！

“芭儿——”他吼叫着。

女孩猛然回首，看见这小子浑身湿透满面通红地跑近身边，吃惊非小。

“对，对不起，芭，芭儿！”他上气不接下气，紧紧抓住她的手。

芭儿静静地看着，一句话不说。

“我，我真的是到文教局去了，去找局长，想调回城关来。后来，后来我头疼，就睡着了，害你久等……”

芭儿还是没作声，用手绢替他擦汗。生气的眼角和嘴唇暗藏着一种没法形容的笑。

“走，我送你回家。”

芭儿笑道："还有二十里呢，你送我，天都快黑了，怎么回来？"

"我不怕。"

"你不怕我怕呀。"

"你怕什么？"

"我怕你被狐狸拖去吃了。"

"芭儿，我只怕你这只狐狸！"

她啐了他一口，挽着他胳膊往回走。

罗哀家没料到，这个一向倔强的外甥女真被叶根追了回来。老人家说：

"还是小叶本事大，面子也大。我那样留她都留不住，你一出马她就乖乖地回来了。"

"姑妈，看您说的！是我自己要转回来的，不关他的事。"

"不过，您瞧他跑了那么远，累得都快趴下了。"芭儿接着说，"我不也该回送他一程？是不是这个理呀？您说呢？"

"正理正理！芭儿说话总有理。来，快吃点饭吧。两个人一点水都没沾，哪来的那么大的劲！"

三个人大概都饿得可以了，"晚食以当肉"，胃口出奇地好。

吃完了饭，罗哀家想让芭儿也听听叶根的琴声，又叫他拉两曲。叶根望着眼前这个"吉卜赛"，毫不犹豫地奏响了《流浪者之歌》。那忧伤而又优美的旋律在屋子里飞扬飘转，宛如瀑布流云。

芭儿是首次近距离视听一个人的小提琴独奏，而这个人又是她那么怜爱的人，那么痛惜的人，那么热恋的人！虽然她不懂小提琴的技法技巧，可是那深沉而激越的音流直流进了她的心里，感觉那旋律就是她的心声，那节奏就是她的心跳！她的眸子如火光般闪烁着，照耀着，恨不能扑过去把那琴与人都拥入怀里。

叶根洗澡时，芭儿和姑妈在说悄悄话：

“你留他，他今晚睡哪里？”

“跟我们一起睡。”

“啊？”芭儿红唇张得像朵盛开的花，心都快蹦了出来。

“啊什么？看你这大惊小怪的样子。”

“那……”

“那什么呀？”

“那么样睡？”

“你睡那头，我睡这头。”

“他呢？”

“他想么样睡就么样睡！”

“好哇！姑妈你……”芭儿紧锁双眉，眼睛直直地盯着罗哀家。

“我问你，是不是喜欢他？”

“喜欢呐。”

“蛮喜欢？”

“蛮喜欢又怎样？”

“你不嫌他以前划过右派？”

“什么右派！那是有本事的人。”

“这不就结了！”

“您什么意思呀？”

“你每次来都跟我说他如何如何，只不过在水库见过几次面就喜欢成那样，说明他正是你心上的人啊！我看你俩是一对真正的金童玉女，除了你，没哪个配得上小叶。你

该不是嫌他配不上你吧？”

“可是我将来不能跟他结婚，怎样办？”

“结婚跟情爱是两码事。要嫁人，古话说的：‘人尽可夫’，但未必就是你最心仪的。第一次献出你的女儿身，就该挑个最值得的人，懂不？”

“哎呀！”芭儿低着头，身子扭来扭去。

“姑妈并没强迫你，你自己拿主意吧。日后莫悔就是。”

她不动弹了，用手指使劲掐老太太的手臂。

“想清楚了？”

“哎呀……”芭儿把个“呀”甩得很高，连叶根都听见了。

他从浴室出来，问道：“你在干什么呀？”

“她在唱花鼓戏。”老太太回答。

当芭儿帮姑妈擦背时，两人在浴室里又叽叽哝哝：

“我去买菜时，你俩在屋里搞么事？”

“说话呀。”

“光说话？”

“姑妈你！真是的！除了说话还能干什么？”

“真不老实！你还瞒得过我的眼睛？我一进门就看出来了。”

“您看出了什么？”

“我呀，看见你满面羞红！”

夜深了，叶根照罗哀家吩咐，上床休息。他和老太太睡一头，而芭儿就睡在同一张床那头，叶根陡然心跳加速。

老太太轻声对并排躺着的叶根说：“你过去陪芭儿吧。”

这时叶根的脚正挨着芭儿肥肥的臀部，因为她卷曲着身体向着里边。

他已约莫猜到了今夜要发生什么事，迟疑了不到半分钟，便弯腰爬过去，置身于老太太和芭儿之间。

芭儿蜷缩着不动，她也意识到要发生的事就要发生了，既惊恐又抑制不住惊喜。她长成少女后还从未和一个男人睡在一起，但她曾渴望并幻想过和叶根在一起。叶根在水库那么英俊秀美的形象，那么招人心爱心疼的形容，特别是那次一位民工把她推进叶根的怀抱，她几乎时刻都在重温那激情的一瞬。

今天重见叶根，她少女的梦境变成了现实。叶根那么急切地亲她，抚摸她，当时她就感觉自己已属于他了。

马路上他追得那么热诚，那么激烈，这不是她心中的所求又是什么？姑妈的安排正是她自身的渴望，她已做好了一切准备。

但是，当叶根爬过来躺在身边时，她还是本能地闭上了眼睛，双手抱着胸膛。

叶根小心翼翼地像挨近一位仙女，冲动着欲望又充溢着敬畏之情。他侧转身，贴着她发烫的脸颊，耳语着："芭儿！芭儿！"同时温存地亲她的发丝、她的眼睑、她的颈项。

芭儿松开了胸前的手，转过身来平卧着。任叶根那颤抖的手伸进她的内衫，触及她的乳房。两人心跳越来越快，呼吸越来越急促。芭儿将两手举过头顶，让叶根脱去她的内衣，于是他同时握住了她的双乳。

芭儿的乳房本来就很饱满很圆润，现在被叶根挤着揉着，更加膨胀，乳头尖尖地上挺。他用舌头舔尝，用嘴唇吸吮，血液在体内沸腾翻滚。

叶根活到今天，还从未如此紧贴过一个女人的身体，芭儿用双臂挽住他的颈项，腰腹都在不自觉地扭动。他的欲火愈烧愈烈，当伸手去剥芭儿的裤衩时，曾一闪念到身

边的罗哀家，怕遭到责难。但此刻他什么都顾不及了，也无法忍住了，心慌意乱地竟不能把芭儿的短裤剥下来。

芭儿收拢膝盖，弓起腰肢，自己用手脱掉了。叶根那十分坚挺的阳具怎么也找不准位置，急得热汗直淌。还是芭儿自己把大腿分开，帮助它插入了这块未开垦过的处女地。

于是，两人整个身体都粘连在一起了。他搂着她的肩背，她裹挟着他的双腿，两人像水中鱼儿般节奏性地蠕动着。

动了一会儿，突然，叶根的下身像开了闸门，刹那间，竟弄不清是什么液体汩汩滔滔地流进了一片汪洋。芭儿体内也汹涌着不断的水波，两人浑似浸泡在一个大温泉里。

哦，这就是“俩孽”，多么美妙！多么舒坦！他赤身怀抱着一个同样赤裸的肉体，温柔至极！痛快至极！人世间的一切悲愁苦恼都远离去十万八千里之外，他所遭受的屈辱和苦难全被芭儿的奉献抵消得荡然无存。他朝思暮想的人——一个如此鲜美，如此甜美的少女，身体与他交融，灵魂与他交汇！如果说真有什么天堂，此刻他就沐浴在天堂里；如果说真有谁能跟他相伴一生，这个伴侣终于来到了；如果说命运一直亏待他，现在已有了最好的补偿与回报。

到了子夜，两人的汗水收干了，身体变得静止清凉，芭儿似睡非睡地抱着她的恋人，叶根挽着她的头，让它贴在自己胸口，惬意地听着罗哀家发出细小的有规律的鼾声。

第十二章

叶根调至T城一中后，他父亲亲自为他购置了几套英语书籍，亲自扎成邮包寄来。他捧读着父亲的鼓励与关切，既欣喜又感激，如饥似渴地研习，严肃认真地备好每一节课。校方为保险起见，没把高三两个重点班都交给他，经过调整只让他带一个文科重点班另加一个初中班，理科班则由外语教研组长曾老师专管。

因为接手新的工作，投入精力较多，叶根很少外出，三个月来只去探望过罗哀家三次，而每次都未遇见芭儿，罗哀家也没特意安排他和芭儿会面。

他告诉罗哀家，自己想娶芭儿的事跟父母说了，双亲没反对，只要他谨慎行事。罗哀家感到欣慰，却未置可否。

接着那该死的史无前例的“文化大革命”开始了，随着北京市长吴晗被揪出，T城县委不久便派了工作组进驻一中，如秋风扫落叶般在该校卷起了“革命”的狂潮。

一中是T城的最高学府，“封资修”的顽固堡垒，知识分子成堆，自然就是“牛鬼蛇神”的大本营。文教局章局长受命对一中全体教职工划分阶级阵线，他只能按历史惯例列出名单。凡出身贫下中农工人阶级者一律为左派，出身不好但入了党入了团的为中间分子；地富资产阶级成分和有历史问题的人统统属右派。叶根本来就是个“摘帽右派”，当然在劫难逃。

工作组宣布停课闹革命后即发动全体学生揭发批判他们的老师。一刹那大字报铺天盖地，整个大礼堂、食堂和其他公共场所贴得密密麻麻，无一点空隙。

头一两天大字报上未见叶根的名字，他调来一中不过两三个月，学生对其不甚了解，也不知他的历史情况。而在工作组眼里，叶根无疑是重点打击目标，可是学生都写不出有关他的批判稿。工作组便在他任课的两个班里反复动员，要学生仔细回忆他的一言一行，进行“大是大非的革命教育”。

高三文科班的学生面对这突如其来的运动比较稳重沉着，多半在独立判断和思索，不仅对叶根只字未提，对其他教师也少有动作。其他年级比如叶根带的另一个班初三，和学校所有的高一高二，学生的表现就大不相同了。他们对这场运动非常热心和专注，一想到竟有这么个机会向平时指手画脚耳提面命的老师发难，发泄胸中积压多时的愤懑，简直高兴和激动得比过年有过之而无不及，无不积极投身参与。

起初他们表现出来的激情多少带些嘲弄和恶作剧的成分，随着运动的深入发展，他们的愤懑弄假成真，成为一种带明显夸张的真实。而在此种夸张的愤怒中他们享受到史无前例的身心震撼的狂喜和刺激。

又过了一天，新的大字报覆盖了旧的。80%都把矛头指向了叶根，内容也几乎完全一样：说叶根在课堂上疯狂放毒，恶毒咒骂毛主席，恶毒攻击“文化大革命”。所有揭批叶根的大字报也几乎出自初三班之手。大字报数量惊人，但罪状主要就这两条：

叶根上英语课时，借“名词所有格”恶毒咒骂毛主席是个“有生命的东西”。

叶根公然在黑板上写“天地黑”，恶毒攻击即将到来的“文化大革命”。

叶根见此吓出一身冷汗，同时也感到莫名其妙。自己怎么会骂毛主席是个“有生命的东西”呢？即使想骂也不是这个骂法呀？什么时候他攻击过“文化大革命”“天地黑”呢？上课那会儿他根本不知道要搞什么“文化大革命”，他怎么会想到又怎么会大胆地写出“天地黑”三个字来？

他苦苦寻思，回到宿舍查阅自己的备课记录和有关书籍，终于想起了讲英语“名词所有格”一节的经过，也忆及了“天地黑”的一些情景。这纯粹是莫须有和断章取义，地地道道的文字狱。

毕竟，叶根是个屡经政治运动的“老运动员”了。在艰险复杂的斗争中紧急应变，对他来说已成一种条件反射。他预测明天或后天批斗会就将揭开序幕，非作准备不可。

批斗会鸣锣了，大礼堂喊声震天，杀气冲天：

揪出深藏的阶级敌人右派分子叶根！

打倒老右派叶根！叫他永世不得翻身！

叶右派辱骂毛主席，我们跟他誓不两立！

谁攻击“文化大革命”谁就是现行反革命！

……

“走！快走！”

外语教研组组长曾老师掐住叶根的后颈，两个革命小将分别扭住叶根的左右臂，把他推向审判台。口号声再次震耳欲聋地响起，千百只手像森林般竖起。

“叶右派！我问你，为什么要辱骂伟大领袖毛主席？”

一个平时成绩很好的女孩，叶根班里的外语课代表领头发问，她原本是崇敬这位英语老师的，与他接触也较多，现在开始反戈一击了。

“我没有骂！”叶根说。

他的头被揪起来，让革命群众看清他的嘴脸。

“你还敢抵赖！快老实交代！”群众怒吼。

“我什么时候骂过？”

“什么时候骂过？上课的时候！”

课代表揭发：“你讲英语‘名词所有格’，就不记得了？”

“我是讲过所有格，怎么啦？”

“怎么啦！问你呢！你是怎么讲的？你说毛主席是个有生命的东西，你指着毛主席的像说的！”

“打倒右派分子叶根！”

“踏上千万只脚！”

吼声一浪接一浪，质问像一串串连珠炮。

“说呀！回答呀！”

“怎么哑巴了？装死呀？”

“好吧，我说。”

叶根闭上眼睛，使劲地转动着头。工作组负责人作了个手势，要那揪头发的小将把叶根松开，好让他开口。

“‘名词所有格主要用于表示有生命的东西（特别是人

或高级动物）的名词’书上就是这么写的。”

“你胡说！还在放毒！”

“造谣！哪本书上有这样的话？”

“张道真编著的《实用英语语法》第34页38条，不信你们可以去查。”叶根一字一句，慢吞吞地。

“好狡猾的家伙！”群众中又有人高呼：

“打倒叶根！打倒叶根！”

“叶根不投降就消灭他！”

呼喊过后，工作组负责人说，“书上真是这样写的吗？你再狡辩就罪加一等！”

叶根答：“许国璋主编的大学《英语》第一册87页也是这样写的：‘一般说来，只有表示有生命东西（特别是人）的名词，才能用这种形式表示所有关系。’我所引用的都是我国英语界两位泰斗的原话。”

会场一片沉寂，其实大家不去查书心里也明白这种说法没错，但怎么能够让叶根这个狡猾的狐狸就这样混过关去呢？

接着，一个混入共产党内的伪保长站出来摇头晃脑，“那你为什么要扯到毛主席身上？毛主席是有生命的东西吗？”

他原是个无人理睬的臭狗屎，什么课都不能教，什么事都做不了，只因为还在按时交党费，被学校安排在政宣科。

此人姓左，叫左金全，有个突出的优点，就是嗅觉特灵敏，“文革”刚开始，他就高高举起了捍卫无产阶级专政的大旗，在各种场合义愤填膺地、吐沫四溅地声讨一中的“三家村”“四家店”，对“黑帮分子”“牛鬼蛇神”有不共戴天之仇，遂一步登天修炼成最左的左派。

而他最革命最光彩的形象则是蹲在一张张桌子上，以

零距离虎视眈眈教师写交代检查，能吓得人晕倒或心脏病复发。

“对呀！说呀！”小将们又找到了突破口。

叶根答道：“书上说了，名词所有格主要表示有生命的东西，特别是人。毛主席也是人。”

此时，押解叶根出场并依然站在叶根身旁的曾老师气愤极了，这位出身富农阶级的老共青团员控制不住自己声音的颤抖：

“毛主席也是人？你，你说得好轻飘！”

叶根向他瞟了一眼，问道：“那该怎么说？”

“毛主席不是一般的人！毛主席是我们心中最红最红的红太阳！”

曾老师悲壮地振臂高呼，声音哽咽还带着嘶哑，看见全场革命群众的响应，激动得热泪夺眶而出。

另一位革命教师待口号声暂停时继续发问：“那你为什么不举别人作例子？单提毛主席？难道你的用心不险恶吗？”

“我举了很多人，比如工人的斧头，农民的镰刀，教师的钢笔，也举了我自己，因为我们都是有生命的东西。当时看见毛主席的像就在墙上，我顺便又举了毛主席的像这个例子。”

师生们没料到这个右派总有话说，而且说起来滴水不漏，再一寻思回忆，他说的又都是事实。于是会场又沉寂了，于是，又有人继续呼口号：

“打倒叶根！打倒叶根！”

“不许叶根翻案！不许叶根翻案！”

“坚决捍卫伟大领袖毛主席！”

“坚决把无产阶级‘文化大革命’进行到底！”

“那么，我再问你，你在黑板上写‘天地黑’是什么目的？快回答！”

如果说开始叶根多少还有点紧张，这气氛毕竟不同于多年前的“反右”。而且他每说完一小段话就会被身旁的革命小将揪头发，扭手臂，“架飞机”。但他此时此刻心里十分平静，没有一点慌乱。他的感觉就像作论文答辩一样，胸有成竹。

“上初中课时，有学生问单词的形成，我答我讲不清楚，你们只要会使用就行了。一个字为什么是这样而不是那样，那是文字专家研究的课题，我们没有必要花这方面的功夫。就拿汉字来说吧，比如天，怎么是这样？有人解释，‘天者，一大也’，似乎有道理；比如地，土也，也说得通。但是很多字就不知道如何解释了：比如表示颜色的红黄蓝白黑，为什么它们写成这样？我不知道，我们也不必去追根溯源，会用才是我们的目的。在板书时我写了天地红黄蓝白黑总共七个字，并非‘天地黑’”。

尔后会场尽管仍有些口号声，但远不如先前那么整齐和激昂。工作组负责人沉思有顷，与同志们交换了一下意见，便将这次批斗收场，宣布暂时休会，叫大家下去继续深入揭发，作持久战的准备。一定要把阶级敌人批深批透，把“文化大革命”进行到底。

伪保长抢上去，在口号的壮行声中，和富农崽联袂把叶根押回集中营。

叶根在接受批斗的过程中，注意到群众中一个特别的面庞，那就是他班上一位女生兰子。她清秀的脸上凝结着一层冷霜，两个眸子平静地扫视着会场的教师和同学。虽

然站在后排的凳子上，对叶根来说仍很醒目，因为她既不呼口号也不举手。

兰子是叶根在文化馆时结识的唯一一个小朋友，一直跟他十分亲近，当时她只有十二岁，尚在小学六年级。考上一中后仍经常去叶根处玩，听叶根拉小提琴。现在她已读到初三，各科成绩都名列前茅。

不久前叶根调来一中，教她的英语，她更是欢喜得不得了。兰子对叶根的感情与日俱增，实际上把他当成了自己的偶像。看见叶根被揪出来后，甚至得知他曾被划为右派后，对他的信念从未动摇。

今天的批斗会，使她更了解了叶根的清白和顽强。然而以为兰子心里袒护叶根纯属私人情谊那就错了，这女孩自幼聪明过人，天赋的机敏与良知使她有别于同龄伙伴，她不仅对批斗叶根愤愤不平，也不满对所有老师的迫害。工作组进校挑动群众斗群众，兰子没写过一张大字报。为了逃避这场在她看来极不合情理的运动，当这场批斗会结束后她就离校回家了，成了“文革”中所谓的逍遥派。

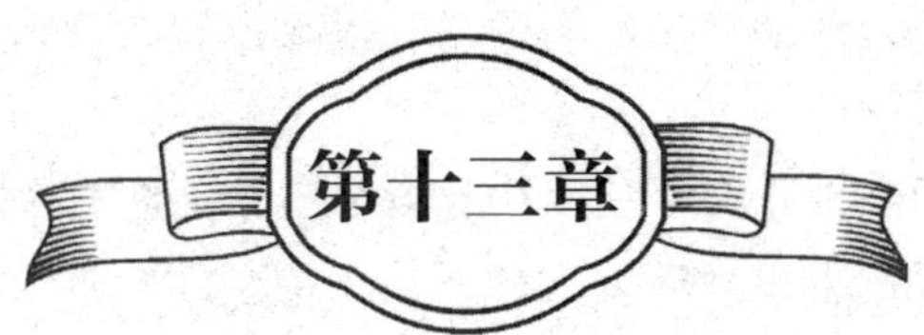

不厌其详的揭发，不厌其烦的编造，无休止的批判，无节制的斗争，一直持续到中央发了一个文件，才使关押在学校私设集中营的牛鬼蛇神教师们得以喘息，有了松动。

他们在校园里翻土种菜，煮饲料喂猪或搬石担砖，清扫垃圾。

叶根在劳动时经常有个女生掷小石子打他的草帽，每当他一回头，看热闹的女生便大声喧笑。那个掷石子的女生就是他班上的外语课代表，斗争会上的领军人物。“文革”爆发前他曾是叶根的崇拜者，没想到政治运动能这么迅速地改变一些人的爱憎好恶。

叶根好长一段时间对此纳闷，运动结束后曾问过兰子，兰子竟然这样回答：“那是因为她喜欢你吧？”叶根至今费解，哪有这样一种喜欢人的方式？

除了在劳动时可以到户外呼吸一点新鲜空气沐浴一些

阳光之外，更令人庆幸的是，这些久与外界隔绝的教师偶尔被允许上街看看大字报，这都是那份文件开的绿灯。

而更为奢侈的是，这期间叶根还被校方请去讲了两堂公开课。

一天叶根正在喂猪，校长办公室把他叫去了。几位领导对他说，省里教革委次日要来一中全面检查工作，其中一项就是听课。学校给叶根一天时间准备，讲两堂英语示范课。

“我在喂猪呀。”叶根说，“目下这种身份怎么进课堂？”

“今天就不用喂了，又不靠你一人。”校长说，“你的身份检查组不知道，谁认识你？”

“可是老师同学都知道哇，这岂不是开玩笑？”

“我们已在全体教师会上讨论通过，你就不用顾虑了。至于学生，我们会去做那个班的工作，你只管把课讲好就是。”

外语教研组长插话道：“叶根，这是领导信任你，你可不要辜负了大家的期望，要讲出你的最高水平！”

“不行。”叶根还是推辞，“离开课堂这么久我已经生疏了，你们还是让我喂猪好。”

校长急了：“喂猪喂猪，这只是暂时的！你又不是不知道现在政策在改变，将来你还是会回到教室的。就算我请你帮个忙好不？你快去准备吧！别拿架子了。”

叶根瞧校长急得青筋都冒了出来，也不便再拒绝。

第二天，高三一班教室被学生、教师、领导还有来宾挤得密密麻麻，叶根脱下了平时的围裙，换了身体面的服装，眉飞色舞地当着众人侃侃而谈。他也没作什么额外的准备，一如既往地满堂英语，无论辨析生词或解析难句，非但一句汉语不说，连课文都不瞄一眼，从头到尾倒背如流，听得检查组的专家也眉飞色舞起来。结果是人人满意皆大欢喜，检查组的人走上讲台和叶根紧紧握手，连声激动地说：

“老师您辛苦了，辛苦了！”

待检查组离去后，叶根又回到了猪圈，重操旧业，隔那么一阵子还得参加批斗会。

然而批来斗去，叶根的罪状主要仍是前述的两条：“有生命的东西”和“天地黑”。然而这两条无论他怎么解释和交代也推翻不了。如果不能推翻，这两条就足以定他为现行反革命分子。因此他萌生了一个可怕的念头——逃跑。

他想逃到哪里去？天涯还是海角？不，只是想逃回W市一见父母亲和兄弟姊妹，同时去省军区委员会递交申述材料要求平反。这个念头折磨得他既执着又恐惧，既渴望又焦虑。如今机会终于出现了，只要有一丁点自由的空间，他就决定不顾一切铤而走险。

按叶根的年龄和经历虽然还达不到老谋深算的水准，但毕竟已非一个乳臭未干羽毛未丰的毛小子了。他不动声色地干活，遛街，留心每一个时机。他知道即使出逃成功，一切留下的东西都将被抄查，所有那些东西既不能随身带走，抄查，毁坏了也无可奈何。唯一使他放心不下难以割舍的是他的小提琴，这是他生活的多年伴侣生命的至深情结，怎么办呢？

一天，和几个同牛同蛇上街去看大字报，周围人头攒动，争先恐后地抢读那些“最新消息”，其盛况比物资紧缺时抢购油盐柴米过之而无不及。叶根悄悄离了人群，闪到一条叫湘汉路的小街，蹑入兰子家里。

“叶老师！”兰子喜出望外，情不自禁地一下扑进他怀

中。

叶根忙对她说："有件事想请你帮我，行吗？"

"什么事，你说！"

"这运动不知会如何发展，我什么都不怕，就怕有一天红卫兵把我的小提琴砸了。"

"你放到我家里来呀！"

叶根说他不能带琴上街，兰子说她去帮他拎出来。

"你不害怕？"

"怕什么？看守你们的红卫兵都是我的同学，她们不会对我怎么样。我想法溜到你窗口，你把琴先搁在那儿，趁人不注意我就带走它。"

"危险呐！千万不要莽撞。"

"你放心，我会见机行事的。"

叶根紧紧拥抱了她。

他还想顺路去看看罗哀家，自遭批斗以来就和她断了联系，但一转念，此时此刻还是谨慎些好。若被人发现，害老太太受牵连，那真是罪过。于是转身决然回了学校。

接连几日，兰子在集中营门前徘徊蹓跶。跟已经有些倦怠的看守同学随便搭讪。

终于，有一天轮到她同桌的好友王容值班。兰子亲热地和她闲聊各种新闻趣事。突然，兰子说到一个预定的话题：

"王容，帮我弄把小提琴好不好？"

"你要它干什么？"

"在家没一点意思，很无聊的。"

"那就返校闹革命呀。"

"闹鬼哟！你们成天把老师当犯人，就叫闹革命呀？"

王容笑而不答。

“你听见没有？王容，帮我弄把琴玩玩。”

“我上哪去弄啊？再说，你也不会拉呀。”

“这你莫管，只要有琴，还怕我找不到人教？”

王容眼珠子滴溜一转，对兰子耳语道：

“哎，我想起来了，叶老师不是有一把吗？”

“对呀，我怎么忘了，你能不能帮我借来？”

“那怎么行？”王容正色道，“我是红卫兵，他是批斗对象，水火不相容呀！我怎么能向他那种人借东西？”

“哎呀，你不用借，拎出来就是了。”

“那，不太好吧？”

“王容呀你这个家伙，还说是我最好的朋友！连这点小事都不肯做。”

“兰子呀，这哪是小事？”

兰子生气了，猛地转过身去不再理她。

王容也急了。停了一会，又把嘴凑在兰子耳边说：“你自己去拿好不好？我只当没看见，拿到琴就赶快离开这里。”

当兰子和王容说话时，叶根已经注意到了，正好那天同室的人上街去看大字报未回，屋里只他独自一个，他见兰子已向窗前走来，便赶紧把琴移至窗台上。兰子跟他做了个鬼脸，心照不宣，一句话没说便拎走了琴。这时王容正替她望风，见兰子已得手便催她快走。

离开了集中营，兰子提着琴若无其事慢条斯理大摇大摆地走出了学校，赶回自己家中。

为此，叶根后来写过一首《浣溪纱》，纪念兰子这次挽救小提琴的壮举：

昨夜兰花梦里开，今朝兰子果真来。一人窗外独徘徊。

似海深情离去也，与天长恨下亭阶，万千心事尽沉埋。

不知情的读者起初都把它当作爱情词，后来才知不是。

不久，学生中一部分人成立了新的革命组织——“毛泽东思想红卫兵”，掀起了新一轮的革命浪潮。

对于“造反派”一词，至今在人们意识里存在糊涂观念，尤其是未亲身经历过“文革”的年轻人，一提起造反派就联想到愚昧、荒唐等等。

实际上，造反派有不同阶段、不同组成及不同目的之特征：“文革”初期的“造反派”其成员多系受毛煽动蛊惑的高干子弟和出身成分好的广大学生，全部佩带“红卫兵”袖章，以“打倒走资派”“破四旧”等为名，行铲除异己、摧毁文化之实，打击对象从党内高官至党外知识分子及历次运动挨整的弱势群体。

到“文革”中期，运动中受迫害者的子弟（包括一些受害者本人）成立了“毛泽东思想红卫兵”，借“批判资反路线”为名，矛头指向中央“文革”并与“红卫兵”对抗，直接目的是为所有受迫害者平反，深层意义在于造毛左的反。于是人民群众称他们为“思想兵”，“真造反派”；而把早期的“红卫兵”叫做“三字兵”“保皇派”。

因此，对“造反派”不能一概而论，须作具体分析。认为凡是“造反派”都“愚昧”“荒唐”是“舆论一律”的误导和影响，事实上中后期的造反派都是危难的自救者。

回说当时，随着形式的急剧发展，“大串联”取代了“大批判”，接着又颠倒了“大批判”，批判的主要对象已不再是“牛鬼蛇神”，而是“文革”的核心与碉堡。

两派学生抢占学校的报栏、墙壁、讲台、广播和制高点。

并将他们的锋芒伸向校外，触及社会每个角落。

开始，彼此文攻，接着便演变为互相武斗。思想兵在人数和地盘上占了明显优势，但三字兵有政府机关的支持，特别是有人武部作后盾，更具实力。

那一阵子，“牛鬼蛇神”不仅在思想上向造反派靠拢，行动上也依附他们，把他们作为厄运的救星。

T城县有位副县长姓竹名叶青，北方汉子，苦大仇深出身的贫农。衣着十分简陋，总是卷起裤筒，一高一低，脚穿一双旧布鞋四处游走。他文化程度据说不高，讲起话来却一套接一套，声如爆竹。气似洪潮。

竹叶青是造反派的坚决支持者，保皇派称他为思想兵的总后台。这位竹县长不时独闯一中牢房。由于他的声望也由于他的身份。无人敢拦阻。

他一到“牛鬼蛇神”住处便挥手舞臂，大声重复多次说过的一番话：

“你们不是牛鬼蛇神，什么他妈的牛鬼蛇神！你们全是受资产阶级反动路线迫害的人民教师，是革命的教师！‘文化大革命’可不是要整死教师的。你们要起来自己教育自己，自己解放自己！”

为此，他曾多次被机关保皇派揪斗，弯腰、驾飞机，批判他的大字报遍布大街小巷。但他一无所惧我行我素，批斗会完了依然到处横冲直撞。这位造反派县长的名声大噪，不胫而走，邻近几个县乃至整个地区乃至W市都知道竹叶青是个人物。

一件不该发生的事，或者说应该避免的事发生了，避免不了。叶根同室的一位难友有天对他说，W市第一个新生革委会——“新华工”特邀竹叶青出席成立大会，并请他

演讲，叶根闻讯十分高兴。

“竹县长想请一中的老师帮他拟份演讲词，我们推荐了你。”

“为什么找我？”叶根吃惊。

“这还要问吗？”

“不行！”

“就别推辞了，你看，竹县长对我们这些受迫害的教师多好！不仅一点不歧视我们，还称我们为革命教师。难道为他出点力不应该吗？”

“话不是这样讲，写演讲稿的人有的是！”

“但是我们已向他介绍了你，竹县长非常满意，再换别人他也不会答应的。”

叶根默然了一会儿，老毛病又犯了。于是心血来潮，把头一扬，“好吧，我尽力。”

那以后，叶根除了“右派”“反革命”之外，又添了一个雅号——“竹叶青的黑秘书”。

竹叶青从W市返回T城后，保皇派组织了一次声势浩大的批斗会，会场就设在县府大礼堂。

那天黄昏，一伙县大院的机关干部冲进一中集中营，二话不说便扭住叶根朝外走，“牛鬼蛇神”们莫名其妙，眼睁睁心颤颤地望着眼前突发的事变。

叶根步履踉跄地被押送至县大院礼堂。礼堂灯光刺眼，人声鼎沸，群情激愤。他瞥见主席台上一张熟悉的面孔——竹叶青，正被两个壮汉“架飞机”，腰直不上，头抬不起。叶根被扭送至竹叶青身边，这位造反派副县长才瞟见陪斗的叶根。他木无表情，又直瞪瞪地向着前下方。

“叶右派！认识你身边这个黑帮分子吗？”有人大声斥问。

叶根回答："竹叶青不是黑帮，是革命的领导干部！"

"好猖狂的家伙！"批斗者怒吼着，"打倒死不悔改的右派分子叶根！打倒顽固不化的黑帮头目竹叶青！"

吼声中，左右挟持叶根的人拼命地扭他的臂压他的头。不料此时竹叶青奋力挣开了一只胳膊，高高举起高声呼喊："叶根好样的！是革命的老师！"

如此意外的情景令全场目击者大惊失色，他们歇斯底里地狂呼口号，且有人涌上台来对两个受批斗者拳脚交加。当竹叶青被再次按下头颅时，叶根使出浑身解数又挣扎起来抗争，继续高呼"竹叶青是坚强的领导干部！"同样，竹叶青也不顾死活地连连喊出"叶根是英勇的革命教师！"

这场精心设计的批斗会没料到成为如此格局："革命"变成了闹剧，批斗变成了武斗，竹叶青和叶根遍体鳞伤，铁杆老保出尽洋相。大会主持者原想把T城这两个造反派的知名人物一石二鸟，一块儿批倒搞臭，大长保皇派的威风，大灭造反派的志气。谁知碰上两个不怕死不要命的家伙，一老一小还配合得如此默契，一起一伏，无懈可击。明知收不了场也只得无奈罢休，把他们分别押送到各自的住处算了。

T城的派性斗争，从表面上看阵线分明，造反派是清一色的学生，名为"'红司'新一中"，简称"红司"；保皇派则主要是机关干部及一部分工厂职工，叫作"燎原司令部"，简称"燎司"，造反派叫它"鸟屎"。然而一中的学生又分两派，干部职工中也不乏造反精神。

罗哀家的儿子国平随其单位集体加入了"燎司"，但内心深处却是造字号。这虽然是其性格使然，与叶根的私交也不无关系。

叶根自被工作组揪出批斗后，与他的联系几乎断绝。

他从多方面探听到这位朋友的情况，尤其是从街上大字报获悉了叶根问题之严重，处境之艰险，异常不安又无能为力。

“完了，叶根哥这次彻底完了。”国平对母亲说。

罗哀家正在阅览国平收集回家的各种小道消息，抬起头，目光越过老光眼镜上框，若有所思地回答：“我看不一定，话莫说早了。”

“他要不调去一中，就留在水库工地上，也不会有这档子事。”

“那也不一定，是金子在哪里都发光。”

“你郎家说些什么呀？还金子，他现在头上尽是一大堆反动帽子！”

罗哀家笑道：“不过随便打个比方。我意思是说，像小叶这样的人到哪里都在劫难逃啊！”

停了一会，她放下手里的小字报，一本正经地吩咐国平：“你想法子到一中去看看小叶，给他带点腊肉，腐乳。”

“那还了得！给‘竹叶青的黑秘书’送吃的，那还了得！”

“你这个胆小鬼！送点菜怕什么？三字兵还把你吃了？真正犯罪坐牢的，不也有人去探监么？”

“那不相同！三字兵真惹不起，比看所的人厉害多了！您怎么不叫芭儿去？”

罗哀家正色道：“你晓得厉害，自己不敢去让我害芭儿？她跟小叶是什么关系？你不知道芭儿的对象是县政府保保的头目——‘鸟屎堆’？这不是把小叶往死里送么？亏你想得出！”

“鸟屎堆”就是“燎司头”，罗哀家喜欢学造反派这种叫法。

第十四章

两派的武斗迅速升级，由拳头棍棒发展到尖刀匕首，思想兵把三字兵轰出了校园，在广播大楼顶端挂起“红司新一中”的战旗，迎风招展。三字兵聚集于人武部，修筑起坚固的壁垒，严阵以待。

于是两边互相攻打，形势十分危险。“红司”的司令，一位叫肖亮的高三学生，在街上被对方枪弹击中大腿，血流不止。“红司”小将们用一面战旗帮他把伤口紧紧缠住，连夜驱车送往W市进行手术抢救。

与此同时，“红司”倾巢而出，向人武部那边发出猛烈进攻。军代表为避免双方学生重大伤亡，带领三字兵战略转移。“红司”小将冲进人武部，砸开武器库，抢走了大量枪支弹药。

正当他们回到学校，喜庆这次特大战果不久，大约是第二天下午，三字兵集合了庞大队伍，在一位叫魏石龙的

复员军人指挥下，向“红司”进行了更加猛烈的报复性打击。密集的机枪子弹互相扫射，打哑了一中大楼的广播，飞舞的榴弹炸毁了“红司”的各个据点。

哒哒哒哒、哐哐啷啷！枪声、轰鸣声伴随着硝烟尘土，一直持续到黄昏天黑。

集中营也是对方的火力攻击点，“牛鬼蛇神”们纷纷逃离，躲进各人原先的宿舍。叶根的房门在批斗期间就被三字兵严密封锁，无法进入。正无计可施无所适从时，一位同教研室的王立德老师拉住了他。

“快走，到我屋里去躲躲，我做了一个掩体。”

叶根随王老师跑到一处距集中营较远的天井，进入一间平房，看见靠窗的墙壁下搁了一张长桌，桌上覆盖着厚厚的棉被，桌下铺了一床草席。两人就躺在草席上，躲在桌空里。

子弹不时从窗外呼啸而过，撞击着砖墙，发出嗤嗤的声响。

王老师也是单身汉一个，毕业于前中央大学，参加过解放军，因被怀疑在大学时是国民党CC成员，“文革”初期也入了“牛鬼蛇神”一伙。他已四十多岁，此刻正缓缓吸着香烟，喃喃自语：

“这样打下去不知道怎么收场，要是把命送在这里，真是不值。”

叶根想着身边这位王老师，平时挺有意思的。他总是西装革履服饰讲究，工资级别和生活品位都比一般教师高，言谈举止有些倚老卖老，还特别洋里洋气。高三学生喜欢模仿他在课堂里说话的神情，逗笑取乐。

“我告诉你们，不要骄傲！你们毕业以后再奋斗二十年也赶不上我！即使数学赶得上我英语也赶不上我；英语赶得上我地理也赶不上我！”

大家虽然说笑，还真服了这位解放前毕业的大学生。他能准确背出我国各条铁路干线和各个站点的名称，大概也正因为此，“文革”中怀疑他是国民党特务。他还是英语教研室的活字典，谁要是碰上生僻难词又懒得翻书时，问他准没错。

“学英语主要是记单词，不消搞什么语法！语法就那么点东西，单词记得越多越管用。”这是王老师经常挂在嘴边的话，确实很有道理。

据说王老师至今未结过一次婚，眼光很高，别人给他介绍的对象都不满意。他还有个怪癖，就是决不让女生进他的宿舍，交作业也不行。平时对女生说话匆匆忙忙，连摆头带挥手的，很不耐烦的样子。于是有人说他生来就讨厌女性。

其实呢不然，他没事时喜欢和叶根闲聊，闲聊的话题也常涉及女人，因为叶根也是单身一人，和他又同在一个教研室，加之叶根还有点什么味道　　他这么认为。

有好几回他和叶根在街上碰见了，都拉着叶根悄悄指着某个模样标志体态丰满的少女说：“你看，可以‘俩孳’了。”说罢嘿嘿嘿嘿笑起来，蛮过瘾的。

叶根想到这里，叹了一口气，问王老师：

“你比我自由，为什么不出去串联？”

“又不是革命小将，串什么连？走了回来更难得交代，何必惹麻烦？”

王老师是个胆小而本分的人，就那么点历史问题，历次运动都交代得清清楚楚。尽管参加过人民解放军，在部

队待了那么久，却没有入党。

停了一下，他又接着说，“要早知道‘文化大革命’这样搞法，真该一走了之。”

夜幕降临了，枪声也弱了，只听见校园里阵阵急促的脚步声，但没有人喧哗。后来脚步声也听不见了，四周异常安静。

叶根不明白怎么回事，想起身出门瞧瞧。王老师制止了他：

“不要动！情况不明最好莫乱动。躲过了今晚再说。”

两人在惊恐不安中半醒半睡地挨到了次日清晨，周围仍没动静。他们轻轻推门出去，只见一片狼藉，校园宛如一座空城。

迎面遇着烧锅炉的工友老胡，他惊问道：

“两位老师怎么没上骷髅山，不怕？”

叶根说：“你讲什么？骷髅山？”

从老胡口中，获悉昨夜“红司”势不力敌败走，退守至二十里外的骷髅山去了，原集中营的老师也跟着去了。三字兵在校园外攻打，没进里面来。

王老师问老胡：“你怎么没跟她们一起撤退呢？”

“嘿，我一个工人怕什么？他们能把我怎么样？”

王老师和叶根在校园里又待了两天，平安无事。

但他们既不敢上街，也没投奔骷髅山的意思，老胡从街上回来，告诉他们T城至W市的交通已断，到邻县的车也不开了。每天都有些人，主要是在T城工作的外地人，结伴步行数十公里至湖南临湘，再搭火车回家。

叶根约王老师参加步行者行列。王考虑再三不置可否，而叶根去意已决，一天便独自上街了。

他来到中心百货大楼门前，想从那里打听并加入步行者。不料，斜对面一双熟悉的三角眼盯住了他，那是文化馆的“二馆长”老彭。

这个家伙自叶根离开文化馆后又洋洋得意起来，按理说他和叶根之间的恩怨也该了了。但是“文革”中的小将无孔不入，掌握了不少人的档案并将其抖了出来，公之于众。造反派的大字报对老保们无情地揭露批判，正如保皇派对牛鬼蛇神一样。T城整个文化系统全是保字号，全加入了“燎司”，“二馆长”当然不会被大字报冷落。

“二馆长”彭某某解放前是个农村二流子，还当过地痞流氓，土改时划为流氓无产阶级。后来他千方百计朝共产党里钻，由于劣迹累累，多少年没钻进去，所以把脑袋削尖了，把眼睛瞄歪了……大字报如是云云。

老彭差点气炸了心肺脾脏，认为自己的真馆长梦将化为泡影，而叶根这小子又和造反派一鼻孔出气，此时遇见他那就是狭路相逢，新仇旧恨一起清算！

他眼如喷血地瞪了叶根一下，随即迅速隐去，一会儿就来了十几个“工人纠察队员”——保皇派的打手，“燎司”的武工队。他们一拥而上，不由分说揪住叶根衣领。

“嘿，干什么？”叶根本能地掰开那些人的手，后跳一步。

“干什么？”纠察队员吼着，“你干的好事！”

接着一阵拳脚扑来，叶根不愿争斗，只想解释。还没等他开口，七八个打手已把他按倒在地。

一个身躯结实形容冷酷的人走过来，腰间别着两把盒子枪，他就是魏石龙，攻打一中的总指挥。

“让他站起来。”

他捋捋手臂上“工人纠察队”长长的红袖章，厉声问

叶根：

“你在街上干什么？”

“我想找伴一同回家。”

“胡说！”纠察队员又吼道：“你敢下山来搞情报，好大的胆！”

叶根说：“我根本没上骷髅山，也没参加武斗，搞什么情报？”

这时街上人群层层涌过来围观，他们都认识叶根，但无人敢为他开脱。

石龙说：“有人向我们报告，你是‘红司’的黑参谋。”

“还是竹叶青的黑秘书！”队员们又吼着。

“押他去东门港，打断他的腿，看他还敢不敢乱跑！”

竹叶青已被“鸟屎”强行绑架并关押起来，他那从部队转业不久的儿子竹康健是个神枪手，能在百米外的深夜打灭“鸟屎”潜伏队员的香烟头，两派武斗时他是对方最大的威胁，也被人武部逮捕锒铛入狱。竹叶青的女儿竹康美在一中读初三，是“红司”的一员小将，因父兄双双坐了牢把嗓音都哭哑了。悲伤过度的竹老太太精神失常，像个疯子似的拎着两个饭盒成天在大街上吼叫，她举起左手的饭盒说：“这是老竹的！”然后又举起右手说：“这是我儿子的！”反反复复就这两句话，令路人不堪目睹。

真是：

天何惨淡水何伤，草木无情也断肠。
弱女魂摧声哭哑，老妈心碎泪流光。
父兄囚在牢房里，弟妹伤于铁棍旁。
谁使众生罹此难，众生谁敢说端详。

石龙也是刚从部队复员回T城，时间不过两三天，他本来无所谓派性，但他爱人何艳是县剧团的演员，剧团和文化馆一样，都集体加入了“燎司”。石龙是位军人，一回来便被保皇派视为难得的人才。任命他为武斗指挥官。

此刻，他命纠察队员列好阵势，排成一个半圆弧形，把围观簇拥的人群拦在身后，接着一手卡住叶根后颈，一手拔出盒子枪举在头上，押着叶根往东门港方向走。

同时，列好弧形的纠察队员也都抽出了五四牌手枪，且上了膛，每支枪口都对准叶根后背。

聚集的人群越来越多，塞满了整个街道。依然没有谁替叶根说句好话，也没有谁落井下石诅咒他。大家只是摩肩接踵默默跟着，好像送葬的一股长流。

这时的叶根，冤屈的心理多于恐惧，他想说明解释，看情形又无人理睬。这样不明不白地被押往东门港，实际上就是押往刑场，因为东门港历来是T城枪毙人的地方，就在城关东门外不远。

叶根想，尽管未必会送命，腿上挨一枪却是肯定无疑没法幸免的。前几天“红司”学生肖亮不就挨了一枪么？出身贫下中农的学生他们尚且敢开枪，射击牛鬼蛇神黑秘书还有什么顾忌的？

说老实话，叶根倒并不十分惧怕腿被打残，特别是在那时的武斗氛围中，怕也没有办法。使他更为恐惧的是押解他的这些人并非都是训练有素的解放军，军人不会乱开枪。而纠察队员们玩枪不久，只要其中一个人下意识地走火，子弹就会穿过他的背部，因为每支上了膛的枪口都对着他的后背。他越想到此，就越是陷于惊恐的幻觉中，不知什么时候子弹就会向他袭来。

大约行进了四五十米，来到银行门口，叶根停住了脚步，向石龙说：

“不用去东门港了，你就在这里开枪吧。”这句话一出口，他反而镇静下来，神色自若。

石龙有点意外，注视着他，又推了一把，喝道：“少废话，快走！”

叶根转过身躯，平静地说：“如果我真是下山来搞情报的，你就朝我这儿打，我死而无怨。”他用手指着胸脯，“如果你们搞错了，就是打我一条腿也是冤枉。”

石龙冷笑道：“你小子还真有种！嘴硬。”

叶根回答：“不是我嘴硬，而是你们根本不调查。我和王老师都没上骷髅山，他现在一中，可以证明。”

石龙与叶根面对面站住了，两双眼睛都在探视对方。纠察队员和后面的人群也都停了下来。

“哪个王老师？”石龙问道。

“王立德老师。”

“你叫什么？”

“我叫叶根。”

“什么？叶……根？你就是文工队的叶导演？”

叶根不知他问话是什么意思。

沉默了片刻，石龙又问：

“你认不认识何艳？”

“何艳是县剧团的演员，我们一起排过戏。”

石龙受了震动！刚才他只听说此人是竹叶青的黑秘书，却并不知道他姓甚名谁。在家时常听自己爱人何艳说起一个叫叶根的导演，对她如何如何好，悉心教她演花鼓戏《补锅》的主角，使她一夜成为风光T城的名流。

“这个人的情没有还倒结了仇。”石龙暗自思忖：“要真到东门港把他打残废了，我怎么……”

他决定要放叶根一马，可是在这种情势下怎样放呢？

“少啰唆，跟老子快走！”石龙故意大声吆喝，又推着叶根前行。

突然，他凑近叶根身旁，一边用枪顶着叶根后脑，一边急速地对他耳语：

“对不起！原先不认识你，我是何艳的丈夫。现在听好：走到前面岔路口，一听到鸣枪，你就赶快往南门方向逃跑，我替你掩护。”

没料到居然有了绝处逢生的机会！尽管叶根未必知道石龙说的话有几分真实，然而到了这个生死关头，宁可信其有不愿信其无，他轻轻说了声“多谢”，便加快步伐朝前走去。

由于整个进行速度改变，后面人群拥挤不堪，不一会儿临近了岔路口：向左一条通往东门港，另一条向右通往南门菜园。

石龙回头命令纠察队员堵住前涌的人群，叫他们不许乱冲。

群众你推我搡，哪里控制得了。纠察队员都转过身去，用双手奋力阻拦，还是挡不住挤压的人流。

此时，石龙对着人群上方扣动了扳机，“啪啪”两声枪响吓得人群调头回撤。说时迟那时快，叶根一猫腰，使出浑身之力，以他百米12秒的速度冲向南门小道。

待枪声响过，所有人再回转身时，已不见叶根踪影。石龙指着另一方向——东门港——对纠察队员喊道：“快追！朝那边跑了。”

叶根冲进一位叫佛哀家的菜农家里中，一把将她拉到里屋，上气不接下气地说：“佛哀家，快救我一命！”

她家就在一中后门附近，以往叶根常来此买蔬菜，跟她聊天。她喜欢这位年轻老师，两个儿子也跟叶根交了朋友。叶根只简单地说了些情况，佛哀家安慰他：“莫怕，你就躲在我屋里，没人会找到这里来。”

纠察队追了一阵没有结果，石龙便带他们打道回府。

“这家伙肯定又回骷髅山去了。”纠察队员说。

叶根在佛哀家屋里躲着，既百无聊赖，又死不甘心。想起竹叶青一家的遭遇和自身的处境，他极目远眺，峰峦叠嶂的龙山蓄积着落难人心头的愤恨；侧耳聆听，流波回环的隽水倾诉着受害者的冤仇。但这些都必须过去，必须结束，于是情不自禁地吟诵出一首七律：

寒冰久冻鄂南陬，雨雪横飞竟不休。
老树枯枝空洒泪，萤灯夜火暗添油。
龙山峰叠千重恨，隽水波回万股仇。
莫道春雷无信息，密云深处有银钩。

三天过去了，他觉得这不是长久之计，遂托佛哀家的一个儿子带个口信，到湘汉路九十九号去找兰子。

兰子立即赶来，一见叶根泪珠儿便夺眶而出。叶根告诉她种种切切，听得兰子心直跳。

叶根说想回W市，可是又无计可施。

兰子说：“你可以请那个魏石龙帮忙呀。”

“不行，我现在不能出门。再碰上纠察队就逃不脱了。”

“那，我去找他！”兰子说，赴汤蹈火的样子。

“那更不行！我不能让你做这种事。”

“你有老保的朋友吗？”

叶根想了一会，“倒是有一个，叫李国平。”

“哦，我认识他，文化馆的。国平就住在湘汉路，隔我家不远。”

兰子找到国平，把叶根的处境悄悄告诉了他，说得十分动情，国平深受感动，想到自己的朋友深陷危难而他竟没给他任何臂助，不免惭愧有加。

“你放心！这事就交给我好了。”国平安慰她，拍自己胸脯。

他虽和魏石龙没交情，却与何艳是老朋友，况且都属文化系统的保皇组织。通过何艳的引见，国平会晤了石龙。

“叶根是个好人，绝对好人！全T城都知道。”他对石龙说，“而且特别重情义，非常感激你那天救了他！”

何艳接着说：“幸亏你那天问了叶导演的名字，要不然，真造大孽了！”

“现在他藏佛哀家屋里也不是个事，请石龙大哥再帮他一把，送他出城关。”

“这……有点难。”石龙确实犯难。

“难什么？比那天你放他还难？”何艳看来比国平更急，“再难你也要想办法！”

石龙在屋里来回走动，止步窗前，沉思有顷，终于下了决心，对国平说：

“好吧！要叶老师再等两天，哪里都别去，就在佛哀家屋里待着，子弹可是不长眼睛的。我安排好就通知你！”

国平谢过石龙，自去佛哀家告知叶根。

其实，石龙那天不仅放走了叶根，而且凭直觉相信叶根说的是真话。但他先要打消手下纠察队员对叶根的敌视，才能对叶根放行，因此故意派几个干将到一中去调查。

“我听说那晚‘红司’撤离一中时，有一个姓王的老师没有去骷髅山。你们到一中去了解一下，是怎么回事。”

纠察队员回来了，向石龙报告：“王老师真没去，也没参加武斗。”

“你们问了哪个？”

“问了王老师本人，有个胡师傅也这样说。”

“他们还说什么？”

“王老师说，叶根也可以证明他没走。”

“这话怎么讲，什么意思？”石龙明知故问。

“王老师说那晚两边打响时，他和叶根躲在同一间屋里。”

另一个纠察队员补充：“那个胡师傅也是这么说，看来叶根那小子还没讲假话。”

“哦，原来如此！”石龙笑道：“亏他跑掉了，不然我们还真打错了人。”

“打他也没错！这家伙虽然没武斗，也没搞情报，但他是竹叶青的黑秘书！”

“什么黑秘书白秘书！”石龙又笑道：“我听说他只是帮人写了一篇演讲稿，还是歌颂新生革委会的。能根据这点就给他一枪？算了，他没参加武斗想回家去，就让他回家吧，也省我们的事。”

次日国平在他授意下推了一辆自行车，通过看守北门桥哨口荷枪实弹的纠察队，护送叶根出了城关。纠察队员因事先得了石龙的指令，非但丝毫没有盘问，还坏笑着跟两人打招呼。

国平用自行车载着叶根向临湘县方向驶去，累得满头大汗。

叶根换过来掌车，让国平坐在后面歇歇。如此轮流骑行，自行车跑了二十公里。

国平说：“前面不远就是湖南临湘了，你可以坐火车回家，我还得骑回去，真累得够呛！”

“多谢你救我脱离虎口，我会永远记住你们的。”

“你我兄弟伙就莫说这些了，放心走吧，再不会有麻烦了。到家多住些时，等武斗完了再转来不迟。啊，一路顺风！”

叶根别了国平，一口气又步行了数十里。当他走出T城边界进入临湘时已是夜晚，月亮升起来，照着他开怀的笑脸。

第十五章

虞美人

朝朝暮暮青椒树，久在他乡住。高堂盼我早归家，望眼欲穿，魂断楚天涯。

年年岁岁黄花草，越显风光老。而今拂袖出山城，一路闯关，遥见月华生。

叶根在临湘旅社歇了一宿，次日乘火车到了家。双亲和弟妹们喜出望外，一齐涌上来，又是看又是摸，又递毛巾又端茶。

小妹丽菁说："WH钢工总已和T城工总联系上了，要他们送你回来，没想到这么快！"

WH钢工总是全国最大的钢派组织，是以WH钢铁公司为主联络各工矿企业的强大造反派，其实力与影响在W市首屈一指，全国最大的学生造反派——主要是中学生——钢二司，以及大学生组织红八月、新华工等都以它为后盾。虽然T城的“工总”属保字号，但因慑于WH钢工总的威力，不得不臣服其下并拉大旗作虎皮。

叶根三弟东东属WH钢工总，几天前得知T城交通阻断，曾向其所在工总分部请求援助，把大哥接回来。其他几个弟妹全是钢二司，T城的老保们若早知这个，是一根汗毛也不敢动叶根的。

实际上魏石龙、国平等人救叶根脱险出于私人感情，当时他们还未接到WH钢工总的命令，待命令到达后叶根已经离开了。T城纠察队非但庆幸他们释放叶根的英明举措，回想几日前东门港之行还着实捏了把冷汗。

弟妹们听了叶根的传奇经历和遭受的迫害，一个个气得摩拳擦掌，小妹丽菁拉着他的手说：

“大哥，你们那个鬼地方！资产阶级反动路线太猖獗了！现在W市、全国都在为教师平反，明天我就带你去军区。”

叶根说：“我回来就为这事。”

“不要急，”母亲说，“先在家休息几天，恢复元气。你看你瘦成这个样子！”

父亲接话：“你妈和小妹说得对。现在形势反过来了，要批倒批臭的已不是你这样的人，而是资产阶级反动路线。回来了就好，真是不幸中之万幸！”

妈妈要小妹快把大哥回家的好消息通知东东和大妹美菁，东东在一家军工厂，美菁是一位中学教师。几个小家伙曼菁、妙菁和八弟早就加入了大串联，现在也不知玩到哪儿去了。

在叶根这个家庭，“过年”的时间概念比较含混，或者说比较灵活。有时当然在春节期间，有时则在春节之外。什么时候全家得以团聚，什么时候称过年，也许在夏季，也许在秋天，过年于他们已失去历法的定义。

尤其是父亲和叶根被打成右派流放穷乡僻壤的年月，弟妹们作为知青上山下乡的年月，亲人们很难相聚，更无论团聚！因此，即便有个别人缺席的相聚，也是这个家庭最大的欢乐，这是特殊年代特殊家庭唯一的期盼。

作为一家之主的母亲，似乎除此之外别无他求，能够相聚是苍天赐福。即使再退一步，万一不能相聚，只要亲人健在，可怜的母亲也心满意足了。

母亲是叶根一生中最亲爱最热爱最信赖最依赖的人，从他开始懂事时起，记忆中找不出哪一个清晨不是母亲最先起床，哪一个夜晚不是母亲最后就寝。

母亲生于书香门第，长于教会学堂，中英文根基都很扎实，仅那一手淳厚的书法就令父亲的同事们赞赏不已。然而为了子女们的成长，她放弃了一切可以发展自己才智的机会。长年累月，无论严寒酷暑，奔走于学校医院，周旋于粮店柴房。白昼围着灶台转，深夜还要起来为孩子们增减衣被。

在母亲的日历上既无节假日，更没有星期天，她唯一的享受便是夜深人静时，靠在床头，戴上眼镜，阅读《中国妇女》。母亲本来身体强健，生了叶根他们八个儿女，八个儿女全是吃母乳长大的。而今繁杂的生活重担，忧患的心灵重压，已使她身心交瘁。但母亲一生任劳任怨，只有一回——还是半开玩笑地——发过一句牢骚：

“围着灶台转的劳动是使人愚昧的劳动——这是列宁说

的。”

母亲有一双泪眼，听说叫“迎风流泪”，说是坐月子时哭过，过后就得了这种眼疾。当两滴泪珠嵌在母亲眼角时，看上去并不怎么悲愁，只感觉慈祥温暖。叶根觉得，无论有没有风，母亲都是噙着两滴晶莹的泪，就像甘露，宛如温泉。只要凝视着她那双泪眼，他就能改变自己，由狂躁复归平静，从绝望中起死回生。

记得“反右”期间，叶根正在长江水利科学院，因为对那场斗争不理解不服气，挨批判时态度强硬，桀骜不驯，上了省日报，同时被软禁起来。

母亲闻讯非常震惊，但十分镇静，只身从武昌过江去探视他。在大院门口说服一年轻人替她带了个口信，叶根溜了出来，一见母亲便失声哭泣。母亲扶着他的双肩，没多问什么，只说了几句话：

“根子，你的事我在报上看到了，别着急，啊？如果你自己有错，就认个错；别人错了，要宽容。千万别想不开铁了心往死胡同里钻哪！”

叶根抬起头，注视着她，母亲的泪眼充满同情，饱含忧虑，使他一下子心软了，当时他就明白：这一双眼睛是不能违背的，不能抗拒的。

由于叶根改变了态度，愿意接受批判，加之出身和平时表现不错，组织上对当时年轻的他给了宽大处理，只戴帽子而未开除。

然而流放劳役之苦，苦不堪言。身体与心灵的双重磨难，是中国知识分子亘古未有的，既然人所共知，这儿就无须赘述了。

叶根曾有一次，独自面对脚下静寂的湖水，想从山崖

上跳下去，以死这种痛快的方式摆脱日益难熬的痛苦。

突然间，他看见湖心有一张母亲的脸，那憔悴的脸上是一双含泪的眼！

他，犹豫了，忍住了，默默走回劳动改造的营房，去继续承受肉体和精神的重负。他不能只求自己解脱而使母亲痛断肝肠。

正是母亲这一双泪眼，使他没有自绝于生命，自绝于亲人，自绝于祖国，使他至今仍耕耘在校园。

摘帽之后，他在湖北最偏僻的一个县城教书，孤单一人，形影相吊。每当卧病在床，百事不想，只念母亲。令人至今费解的是，他虽未告诉母亲自己生病，而母亲却在异地远方总能知道，经常在他患病数日后她的信便来了。说是又梦见他生病了，问问情况如何。

俗话说，儿女是娘身上掉下来的肉，那可是娘的心头肉呀，无论儿女的喜怒哀乐，即便是微小的颤动，都牵扯着母亲的心，搏击着母亲的血脉。

今生今世，他最心急心喜心酸心痛最不能忘怀的瞬间，就是在外教书时一年两次回家见到母亲！一到寒暑假，她老人家便早早倚靠门闾守候，天知道她等了多久啊！

终于，她望见了儿子，于是呼唤着，那神情是何等欢乐！泪珠儿迸了出来，把他紧紧拥在怀里。在那一刻，他只觉得，吃了人世间再大再多的苦都值得。

叶根回来后，把家务事作为己任，屋里屋外收拾得清清爽爽。

“根子地扫得最干净，衣也洗得干净，穿破了领子都是白的。”这话母亲不止说过一次。

等母亲午睡醒来，叶根就帮她老人家揉腿。多年的习惯了，母亲腿脚酸疼时总要根子替她揉一阵，捶几下，她说根子的手轻重适度，感觉特别舒服。

叶根从小害怕父亲，因为他太顽皮惹祸，常挨父亲打骂。父亲打他方式特别，总令他肉跳心惊：缓缓地、一步一步向他走近，突然用勾起的中指对着他额头重重一击。这一击虽很疼，但不是叶根最怕的。他的恐惧来自父亲那双无比严厉的眼睛，以及无法判断何时会出手。当父亲一步一步靠近时他就缩着身子后退，并用手臂护住头部。后来父亲改用竹棍抽他，他竟抢过竹棍狠狠把它折断了。

一次，叶根与邻居孩子打架，打破了人家的头，父亲除了赔礼道歉之外，把叶根绑在树上狠抽了几十鞭子，谁过来说情都不行，直气得几天心绪不宁。

因此，父亲说他“忤逆不孝”，伤透了脑筋，还说养了这么个逆子是前世的报应，就称他为“大报应”。谁叫他排行老大嘛，父亲气极了甚至会说：“忤逆不孝的家伙要遭雷打！”

听了这句话，当时只有十一二岁的叶根特怕打雷，尤其是夜晚，看着天空火蛇般的闪电，就担心那随之而来的一声炸雷打在自己头上。即便知道了光速快于音速，打雷在前闪电在后，见到了闪电就无须恐惧，他还是吓得浑身哆嗦。

这时父亲便叫他睡进自己被窝，要他在另一头抱住他的脚。

“你抱住我的脚就不怕了。”父亲这样说。

叶根于是紧紧把爹的脚抱住，这样他便能心安神定地直睡到天明。

父亲调至四川大学任教时，为了便于管教叶根，把他

也带走了，安排在成都华西坝一所教会中学。叶根的母亲和弟妹则住在嘉定。每个月叶根和父亲见一次面，汇报学习生活情况，带来作业本和成绩单，并领取当月零用钱。父亲给的钱不少于那些达官贵人的子弟，但要求他记账。叶根哪有那么认真把一笔一笔花掉的钱都及时记在账上呢？不过临时胡编乱造罢了。他的账全是收支两抵，恰好把钱花完，一分不余也一分不欠。

叶根爹念及这孩子年纪小，才上初二就远离家门在外住读，虽明知他不老实，记账时搞鬼把戏，却不忍揭穿他指责他。直到过年回家时，才当着他的面对叶根妈说：

“我每月给他的钱，他都花得正好！一分不多，一分不少。”

叶根大吃一惊，就像听见一声炸雷！原来父亲什么都明白，竟一直装糊涂，也一直没发脾气！此刻，面对父亲平静的声音和母亲愤懑的眼神，他只得羞愧地垂下了头，一句辩解的话都没有了，从那以后也不敢再弄虚作假了。

逐渐地，他改变了对父亲的看法。此前他一直认为父亲不喜欢他，他也不怎么亲近父亲，除非天上打雷闪电。他总觉得自己在父亲眼里和心里是个“大报应”，这个难听的绰号在家里被弟妹们讪笑和呼叫着，弄得他好没面子。现在仔细想来，父亲不仅严厉，也还有点仁慈。

最令他感动不已的是，尔后他被中央戏剧学院以莫须有的理由退学，怀着歉疚的心情从北京回到家里，原以为父亲会说他不成器辜负了众望，没料到父亲非但无半句怨言，反而对他安慰。两天后父亲还特地为他写了一副对联：莫露锋芒遭世嫉，要磨棱角学时宜。

这副对联真可谓“知子莫如父”，可惜叶根秉性难改，他若照父亲对联的教诲行事，一生就不会有那么多的磨难了。

当时父亲还对他这样开导：“古人说‘不遭人嫉是庸才’，你知道毛泽东怎么说吗？他说‘遭人嫉者是庸才’。可见毛泽东的厉害吧？”

接着，父亲便致函欧阳予倩老院长。说叶根没有任何违反校规的行为，凭什么令其退学？学院签发的退学证上也无任何关于叶根过错的字样，只一句“不适合专业”的模糊用语，又如何与其成绩单上标出的“优秀”相吻合？再退一步讲，假设该生真的不适合某专业难道不能让他转其他专业？为什么必须给予退学处理？

正是由于欧阳老院长的亲自出面，校方才把叶根的退学证改成了肄业证，并谓“该生自己要求回家自修”云云。

回家后的叶根，受到父亲无微不至的关怀与怜爱。父亲还以种种轻松有趣的方式指导他习中外古典文学。比如父亲有时故意背诵一些诗词歌赋，当叶根提问时，他便以感叹来取代评说，使那些妙词华章自然而深刻地潜入叶根心里。

有次父亲在夜晚临窗远眺，口中喃喃自语曹孟德《短歌行》中“月明星稀，乌鹊南飞。绕树三匝，何枝可依。”叶根什么都不须问，仅从父亲的声调和情态就感觉出了那种苍劲悲凉，当他重新研读这些作品时自会有更深的感悟和理解。

又如父亲一次轻声哼唱《洪湖水浪打浪》，叶根问道：

“爹爹，您怎么会喜欢这首歌？”

父亲答：“这支歌蛮土，但是土得好听。”

叶根对父亲是非常崇敬和信赖的，因为他老人家向来

不随便赞许某人或某部作品。一旦得到父亲称赏，必属高人或精品。在叶根印象中，李叔同——弘一法师和王国维是少有的父亲景仰的人物。这对他的审美取向和价值标准产生了巨大影响。

再往后父亲和叶根同时被划为右派，他们的父子之情又添了新的色彩，彼此更亲也更近了。叶根于1958年在流放地填过一首词——《卜算子·囚犯》，寄给父亲后，回信说：“读罢我儿《卜算子》，不禁老泪纵横。”

没料到自己学写古诗词的处女作，竟能如此感动一向对人对己苛求责备的父亲！这封信是叶根有生以来受到父亲的最大激励，并从那以后坚持古诗词的写作。随着时间的推移，人生的历练，叶根已由儿时的“大报应”蜕变成了父亲钟爱的长子。

叶根摘掉右派帽子后在T城一中教书，同事中有位姓皮的高中语文教师，他的讲课闻名全县，文教局经常为他组织公开课，让兄弟学校的领导和教师前来观摩。皮老师从不用讲稿，课文倒背如流，而且声音洪亮，气势轩昂，发散着无穷的魅力。

皮老师五十多岁，生性好酒。他喝酒蛮有意思的，未喝之前总要别人准备下酒的菜，或抱怨菜太少。一旦开喝，他什么菜都不伸筷子，只喝寡酒。一边喝一边似睡非睡，满嘴胡话连篇，与上课时判若两人。喝醉了他会说这样的话：“周恩来聪明！我呢？我不聪明？哈哈哈哈，我也是聪明的！你敢说我不聪明吗？”

有时又说：“有什么了不起？你说，嗯？其实我就一张嘴巴，除了这张嘴巴，有什么了不起的？狗屁都不如！”

叶根除了和本教研组王立德老师关系较好之外，另一个好朋友就是皮老师了。叶根佩服他的口才，喜欢他的酒态；而皮老师也怪，对叶根这小子情有独钟，这一老一少便惺惺相惜起来。

皮老师有次到W市出差，主动提出要去拜访叶根的父亲。但他们从未谋面，叶根便写了一封介绍信给皮老师带着，见面之后主客都喜出望外，促膝倾谈了许久，尔后彼此还有书信往来。

叶根记忆中，父亲对他《卜算子》的回信算是一次激励，此外，没正式称赞过他一次。可是从父亲与皮老师的通信中，他破天荒地得知了父亲对他的奖评。那一句奖评实在是连做梦都梦想不到的，他为此竟可以自豪一生满足一世！

父亲给皮老师的信里是这样写的：叶根好学，每学必精。

于叶根而言，世上再没有任何其他的奖赏比这更珍贵更高格的了。

皮老师后来终于因酗酒过度，身患肝癌过早地离开了人世，叶根写了一首七律以示怀念。

七律·皮夫子

皮夫子是酒神仙，手不停杯口不闲。
嘻笑胡言魂梦里，高谈阔论课堂间。
才横隽水三秋节，名噪通城四十年。
可叹先生归去早，书房独坐对青烟。

除了父母亲之外，和叶根相聚相守最多的是二弟文文，他不仅是叶根亲密的手足，还是他一生中独一无二的知己，

他俩虽然相隔四岁，却是从小在一块儿长大，比起后来几个不常一处的弟妹，彼此依赖更多，了解也更深。

文文性格活泼，机智幽默，哪里有他哪里就热闹。小时候他惧怕大哥，如今则是个跟他平起平坐的大人了，偶尔会在几个小弟妹面前调侃。

“别看大哥现在对你们这样好，又买这又买那的，我小时候可为他受了不少罪。”

“此话怎讲？”

“他不听爹的教导，还经常抬杠顶嘴。你们知道爹叫他什么吗？爹骂他忤逆不孝，是个报应，就叫他‘大报应’。”

小妹丽菁抗议：“二哥胡说！”

“你那时候还小知道什么？”文文继续揭叶根的短，“他特别贪玩，不做功课，爹就罚他跪在客厅。要跪很久很久不准起来，碰上客人来了，怎么办呢？大哥狡猾呀！他从口袋里掏出几个玻璃珠，假装趴在地上玩弹子。”

弟妹们听得哈哈大笑，都拿眼望着叶根。

叶根讪讪笑道：“佩服文文编的故事吧？你们谁看见了？反正由他瞎说。”

“瞎说？还有更瞎的在后头，你们想不想听？”

“算了文文，干吗总跟你大哥过不去？”母亲出来劝阻。

“这也扯不上你受罪呀。”丽菁不解。

“故事还没讲完呐，每到关键时刻妈妈就要出来当老保。”

丽菁说：“越发地胡扯了。”

“其实，文文对你们大哥蛮好，真正心疼他！”母亲道：“好多回都是他向爹爹求情，让根子起来。爹爹不答应他就陪着根子跪，直到爹爹消气为止。”

“二哥还会这样？真看不出来呀！”

“什么叫‘看不出来呀’？我没得罪你吧？”

“你又坏又懒，什么事都叫我做！”

“我叫你做什么了？”

“买菜叫我去，买电影票也叫我去，就会指手画脚。”

“你不是会插队嘛？你小巧灵活呀！”

“呸！你才灵活呢，灵活得晚上从床上滚下来。”丽菁引得众人哈哈笑。

“有一次，根子打了文文。”母亲继续回忆说，“爹爹雷霆大怒，狠狠扇了他两巴掌，还把他赶出了家。我们也不知你大哥去了哪里，到天黑都不见人。文文哭着求爹爹，跪在床头不起来，要爹爹原谅大哥。后来爹爹出去了，在远远一条街的路灯下发现根子睡着了，才把他带回来。”。

“唉，文文从小就跟在你大哥身边，”母亲用手绢拭眼角，“什么都听他的，什么都跟他学。”

丽菁又开玩笑：“慈悲的二哥哥呀，你还蛮会跪耶！”

“妈不是说，跟‘大报应’学的嘛！”文文自我解嘲。

在兄弟姊妹中文文排行第二，却是公认的智商第一。他从小就爱画画，画静物画人物都很传神，初中还未毕业就迷上了达芬奇、拉斐尔、林勃朗、列宾这些大师的画册，反复临摹，天天写生。毕业后同时考取了美院附中和重点高中，因为母亲说根子已进了戏剧学院，文文就别再学美术了，“我们家哪容得下这么多艺术家呢？”于是他读了W市广益中学。

为了贴补家用，假期他随着叶根去东湖博物馆打工，当时没有复印机，两兄弟整天手抄档案，都酸得麻木僵硬了，所挣也不过块把钱。有时便去蛇山卖画，文文在叶根的鼓

励下练就了一手硬功夫——只须七分钟就能素描出任何人的肖像来。

他们竖了一块木牌，上面标明“二毛一张，不像不要钱”，并贴了几张样品——文文为叶根画的素描。过路人群见展示的样品，欣赏者众，尝试者少。一般游人总是在跟前徘徊犹豫，他们见收费如此低廉，想必是狗皮膏药。曾有两位行家取画时付给文文两元酬金，但他们坚持只收两毛，说牌子上标多少就收多少，不然别人会当他们是江湖骗子。

两兄弟一天厮守，碰上识货者也能卖出二三十张，比在博物馆手抄档案强多了。然而想以此贴补家用，真是杯水车薪，童心的善良愿望而已。一次文文边收拾东西边对叶根说：“如果我不是叶博文而是拉斐尔，两万美元一张都有人抢着买的。”

他的画怎么能比拉斐尔？不过图嘴巴快活罢了，开玩笑是他的天性。但说实在的，文文的绘画功夫还真有人当回事。

叶根在北京的一位好友一君，北航大的高才生，飞机设计系党支部书记，几经政治运动磨难，抄家时什么重要的东西都丢了，唯独文文为她画的肖像密藏未失，保存至今，那是1956年她来W市招生时文文在家画的。

叶根的恩师——中国著名小提琴演奏家罗圣提也珍藏着文文为他画的肖像，称那是使他“激动不已兴奋不止的奇迹！”

文文的琴也拉得“相当地”好，他并未正规学过，只是在别人上课时旁听而已。罗圣提先生那时在长沙收了四个弟子，叶根是其中之一。小提琴授课个别进行，当某个学生在屋里接受指点时，其余的在窗外守候。文文就是趴在窗台上看罗先生逐一为每个学生讲授，然后回到家里凭记忆练习。他居然能拉出叶根的大部分练习曲，包括一些高难度。几年以后，叶根任W市大学生管弦乐队小提琴首席时，文文就是二把手。他拉得最出彩的是波隆贝斯库的《叙事曲》，其技巧丝毫不逊色于罗先生的大公子——“哈尔滨之夏”音乐会的首席演奏家。

叶根回家第三天，在小妹丽菁陪同下来到军区大院，门口聚集了许多青年人，大半数都佩戴着和丽菁同样的袖章——“钢二司”。他们吵吵嚷嚷要进里面去，被两排荷枪的解放军拦阻。只听见一位军官大声说话：

“不行！红卫兵小将们，我们现在专门解决“文革”中的冤假错案，你们提的都是派性斗争派性问题。马上就要搞革命大联合了，各派组织不要再互相争斗了！”

此时，谁也没料到一个女孩蹿至门前，面颊通红，神情坚决，对那军官说道：

“我们就是为冤假错案来的，让我们进去！”

还没等军官回答，她猛一转身，指着叶根向人群呼喊：

“二司的战友们，看！他是我大哥，一位山区教师。‘文革’一开始就被老保关进了私设的集中营，受尽了打击和迫害！前两天还被押赴刑场准备枪毙，多亏了一位复员军人救他，才留下这条命逃出虎口，连夜步行六七十里赶上火车回到这里。大家说，他该不该平反？”

顿时人群吼起来，口号声、叫骂声、诅咒声连成一片。人们涌向兄妹跟前，同情、安慰、鼓励、支持。那军官要大家安静，原地立着问叶根：

“他们为什么关你？你犯了什么错误？”

叶根答：“我什么错误都没犯！只因为1957年被划过右派，1961年第一批就摘了帽子……”

丽菁抢着说：“他们叫他什么‘摘帽右派’，还说永远都是右派，子子孙孙都是右派！”

“混账！”一位二司小将大声驳斥：“右派就是一顶帽子，帽子没有了，还哪来的右派！”

一位佩戴“红八月”袖章并架着眼镜的人，看来像个大学生，愤愤地说：

“划右本身就是个严重的政治错误，还搞什么‘摘帽右派’，这简直是对人无休止的迫害！”

义愤填膺的抗议声此起彼落，这些声音叶根在T城是听不到的，那儿没这等水平。

“说摘了右派帽子的人还是右派，就跟说叛党分子还是党员一样，一样的反动逻辑！”

“周总理早就说过，不要再纠缠57年的事了，不要再搞右派了！怎么还那样？”

“那地方就是资产阶级反动路线的黑窝子！私设集中营，竟把教师绑赴刑场枪毙，真他妈的翻了天了！”

“让老师进去！”

“快让受迫害的老师进去！”

解放军官见群情激愤，同情地对叶根兄妹点点头，把

他俩带过门卫，用手指指一个方向，叶根和丽菁便朝大院里面去了。

军区大院有栋楼专用于群众上访，每个房门口都有“接待室”字样。叶根和丽菁随便进了一间屋，里面有一排桌子和两排座椅，每张桌前都有上访者在和接待人员谈话。兄妹俩坐了不到三分钟就被人叫了过去。

“你们有什么事？”

“我想请军区调查澄清一桩案子。”叶根说着递上了申述材料——“毛主席是有生命的东西”和“天地黑”。

接待员毫无表情地看材料，其速度之快使叶根想起了“一目十行”。看完之后他对叶根说：

“这是典型的黑材料！”声音里多少有了点动感，“全国各地都有，你是要求平反对吗？”说着把材料放进抽屉。

“就是这个意思。”

“没问题。”他说得很干脆，“我们发函到你所在地的人武部，要他们为你平反。还有别的要求吗？”

“没别的要求。”

“要人武部的同志保护我大哥，他是逃出来的，差点被打死！”

接待员似笑非笑地看了这个钢二司一眼，又问叶根：

“你们那儿武斗很厉害？”

“是的，公路汽车已经断了，武斗还可能升级。”

“是吗？那你就暂时不要回去，等武斗平息了再说，你的问题我们会尽快处理的。”

叶根说：“现在邮车都不通了，你们怎么发函去那儿？”

“我们有军车呀！”

“你们会专门为我哥哥的事开车去那儿？”

“二司小将你放心！”接待员笑道：“我们一定会去的，也不专为某一个人的事。”

“口说无凭。”

“那你还想怎样？”接待员感觉这小姑娘有点倔，依然笑着。

“你给我们一张字条，作个证明。”

接待员注视了这兄妹俩约有一分钟，然后从抽屉里把叶根交的申诉材料拿出来，用笔在上面写了个眉批：推翻“文革”工作组罗织的罪名，立即为该同志平反。并重重地盖了军区大印。

他把盖了章的材料递到叶根手中，对丽菁问道：“这该满意了吧？”

丽菁高兴地把材料抢过来看了又看，又问：“你不需要它吗？”

“用不着。”接待员翻开他的笔记本，迅速而简要地作了记录。

叶根和丽菁对接待员表示了深深的感谢，心情非常舒畅。尤其是叶根，不仅庆幸自己逃出了魔窟，回到了平安温馨的家，又和亲爱的父母弟妹团聚在一起，还如此顺利地祛除了那个久久盘结的心病——工作组炮制的黑材料。简直就像无痛手术从体内割掉了一块大毒瘤。

三弟东东接到家里电话就立刻赶回来了，他得知大哥不仅魔窟脱险还受到军区援助，就别提多高兴了。

“告诉你一个振奋人心的消息。”他对叶根说，“后天全W市的造反派集体横渡长江，参加人数很多，规模空前，光支左解放军就有四千五。我已报了名，还经过了队列训练。”

"这是一次水上游行示威，那天W市人民都会去江边助兴的。"丽菁说，"大哥你也去看看热闹。"

叶根十分激动，对弟妹说："我当然要去，但不光是看热闹。我也想参加横渡！"

东东说，"你没参加造反派呀！横渡时都须戴袖章的，而且都事先编了队的。"

叶根犯难，觉得这个心愿无法实现。

丽菁看出大哥神情有那么一点沮丧，便问他："你真的想参加渡江？不是说着玩的？"

叶根苦笑着点点头。

"那好办！"她有了主意。"待会儿我和三哥去找'红八月'，它的总部就在这里，我们介绍你加入这个组织。"

"这样行吗？"叶根有些疑惑。

文文插嘴："怎么不行？参加造反派又不是入党！只要观点一致就行。"

东东接着说："小妹这个办法好！凭你受迫害和反抗的经历，任何造反派都会欢迎的。加入了'红八月'他们马上会发袖章给你，你就可加入'红八月'队列横渡！"

"可是我没参加编队呀。"

"那没什么问题，你就老实说，刚从外地赶回来的，没赶上。"丽菁说，"你只要戴了袖章随便插在哪个队里都行，造反派好说话。"

文文说，"人家看你这样子也不会怀疑你是老保。"

"我这样子怎么了？"

"你两只眼睛就是两个字——造反。"

"走！事不宜迟。"

小妹拉着大哥和三哥立马去了"红八月"总部，那儿很有几个人认识她。她简单介绍了大哥的经历，说明了来意，一个鲜艳的“红八月”袖章就戴上了叶根手臂。总部的人告诉他，后天早晨五点钟直接去长江大桥码头集合，找到“红八月”队伍排在后面就行。末了，向他问道：

“叶老师，游泳没问题吧？长江很宽，水流也急。”

东东抢着回答：“一点问题没有！我大哥至少能在水里呆五个小时。”

“那，太棒了！记住：后天早晨五点钟江边见！”

“你在干什么？”母亲见叶根正把一个“红八月”袖章缝在一条游泳裤上。

“后天我要参加造反派横渡长江。”

母亲不免吃惊，“你疯了？刚回来不好好调养又去干冒险的事，不要命了？”

“妈妈，我不会有事的。”

“不行！就在家歇着。你莫总让我担心好不好？”

“这也是一次难得的机会。”父亲说，“他在T城压抑了那么久，让他释放一下也好。”

“你不阻止还帮他说话？”母亲有点生气，“根子向来火点低，总是多灾多难！想释放干什么不好，非要到长江里去凑热闹？那是好玩的地方吗？”

“根子运气不佳不假，但他也总能逢凶化吉！没事的，就让他去吧。不然以后他会遗憾。”

“妈妈！”叶根走近母亲，挨在她身边坐下。“您放心。想想吧，那么多混账东西都没能整死我，枪口底下我都活过来了，会把自己这条宝贵的命送给长江？我的水性您又不是不知道，担心什么？再说，长江不会淹没我这号人，它只会托起您的儿子。您儿子我将来还要干番事业呀！”

这几句话居然把母亲逗笑了，她拍了一下叶根脑袋。“你呀，真是个人物！”

文文修正：“是自己把自己当人物。”

东东说：“其实妈妈一点都不用担心害怕，从起点长江大桥码头到终点滨江公园，沿着这条路线江心停泊了两艘大轮船，船上有专门的救生员。谁若感觉不行了，只需招招手就会被接上船的。要再不放心还可带救生圈游泳。”

“好了，求菩萨保佑你们两兄弟吧！”母亲不再拦阻了，“到岸后就快回家。”

说到此处，还有个小小故事，对于叶根从小之大胆，也可窥见一斑。那时他十七岁，每逢暑假看见湖大的学生去湘江击水，就羡慕得要死。而当阳光下明晃晃的水波淹过脚背时他都会头晕目眩，于是下决心学游泳。

他也没找人教，对着书本自己在家中练习。其步骤是：

一俯在床上模仿自由泳、蛙泳、侧泳那些动作。

二打一盆水，深吸一口气，把头浸在盆里，直到憋不住了才把头抬出来。

三如此一遍一遍地吸气换气，逐渐延长水里憋气的时间，然后实地演习。

他的实地演习非常危险，在一个雨后放晴的下午，独自跑到湘江边，双手抓住岸边的野草根，把头埋在水里，两只脚便在江里做上下扑打的动作。

当时周围没有旁人，他一遍复一遍地按自己的方法练习。练得兴起，得意忘形，不料将草根拔起，整个身体离了岸，被水冲走了。

也真是菩萨保佑！他的命大，江水把他冲到了不远处一个浅滩上。

待他回过神来，发觉自己竟安详地躺在阳光下，且没有呛水。虽说一场有惊无险，还是坐在沙滩上扑扑地心跳了好一阵子。

回到家后，叶根除了告诉二弟文文之外，没和其他人谈及这次经历，否则他的游泳计划就夭折了。

接着他便到湖大游泳池去进一步自学：双臂前伸，双腿绷直，把气吸足后整个身子沉进水里。居然惊喜地发觉：即使一动不动身体也会悬在水中，沉不下去！于是双脚便乱扑乱打，横向从一边往另一边游动，不过三五次，就能埋头一口气游到池边。

如此日复一日地练习，逐渐加上手的划水动作，又学会了抬头换气呼吸，一个星期后，他就能在泳池直向来回畅游了。半个月后便随大学生们去横渡湘江，不过并非全程，只是从岸边游到橘子洲头。

叶根这样学会游泳后，想教文文，文文从小体弱，不敢下水。他便用同样的方法训练东东。东东当时只有十岁，但身体结实，在大哥的陪练过程中进步也堪称神速。当某一天两兄弟在游泳池完成了几个来回数百米之后，叶根对东东说：

“你想不想横渡湘江？”

“湘江好宽呐！”

“不是很宽，从我们这边游过去，到橘子洲最多也不过千把公尺。你再练时每天增加些长度，一个月后我带你去怎样？”

东东虽不如他二哥文文才思敏捷，但学什么都很认真，效果扎实。他和大哥每天午睡后便跃进湘江，从岸边往中间游，开始游一段较短的距离，然后再折回岸边。随着距

离与日俱增，感觉异常兴奋昂扬。

叶根还把自己应急的土法子传授给他，万一脚抽筋了，就直躺在水里，用手去揉捏脚趾，结果倒也奏效。

“只要下水前充分做好准备活动，就不会有什么危险的。”大哥总是这样鼓励小弟。

大约又过了半个月，东东便能游至江心再从容不迫地折回来。叶根大喜过望，激动地对他说：

“成功了！你成功了！游到江心不等于游到了对岸吗？明后天我就带你横渡湘江！”

“还只游了一半呐！”

“你的算术是怎么学的？”

“哦！明白了。但是到了对岸我游不回来了，就没力气了。”

“这好办，”叶根诡秘地笑道：“我们坐船回来。”

果然，次日叶根陪东东再游练了一回江心打转之后，第三天兄弟俩就和大学生们一道横渡了。那些大学生每天看见这个十岁的小孩在湘江浪涛里腾挪俯仰，早就钦佩不已，今天听说他要横渡至彼岸，都竖起拇指睁大眼睛。

“你莫怕，一点都不用担心。我就在你身边，前后左右保护。”下水时，叶根对东东说，“要是你觉得累了，或是不行了，就把一只手搭在我肩上，我会带你平安到达目的地。”

东东对大哥有绝对的信心，这种用手搭肩的游法也曾练过许多次，他没什么可怕的。于是兄弟俩同时向湘江扑去了，东东鼓足了劲，游得很快。

叶根在身旁与他平行，连声说：

“慢一点，慢一点，不要急。留着力气慢慢游，我们一定能胜利！”

十分顺利地，两兄弟游到了江心。叶根问道：

“怎么样？是转回去还是继续向前？”

“都一样。”东东说，“你不是会算吗？好马不吃回头草！”

不少大学生都跟在这兄弟俩周围，时不时叫声好样的！加油！真是英雄出少年！

终于到达了彼岸，东东快活极了，紧紧抱住叶根。倒是十七岁的叶根觉得累了，因为他时刻担心着，时而游在弟弟这边，又时而绕到那边，前后左右转圆圈。

湖大的学生纷纷过来和小东东握手，以示祝贺。并和兄弟俩聊天，与他们交朋友。休息了两个多小时，叶根牵着东东上了渡船，迎着晚风和夕阳，豪情满怀地回家向爹妈报喜，少不了遭母亲一顿狠克。

此后，两兄弟不仅成了江河湖海里的常客，还特别喜欢迎风搏浪。尤其是叶根，游弋在风口浪尖上的感觉简直如腾云驾雾，他爱冒险的性格大概就是那时形成的。

清晨四五点钟的江边，虽然是夏天，因为有不大不小的风还是凉飕飕的。各造反派渡江队伍都在沿江大道上席地而坐，等候下水指令。东东头天晚上就与钢工总队伍集结了，没回家来。文文宁愿睡懒觉，不想赶一大早的热闹。丽菁陪大哥来到码头，找到了“红八月”，在后面占了个位置。沿着下水的大桥码头，早已聚集了成排成堆前来观看横渡的市民。

“大哥，自‘文革’武斗以来，今天可说盛况空前！”

“是吗？这的确是造反派的盛典。”

“叶老师！”突然有人在叫他，很是奇怪。

没料到竟是几个T城一中的学生，他们一见叶根的模样就明白了。上身赤膊，下面只穿了一条游泳裤，脚踏一双人字形拖鞋。

“你们怎么会在这儿？”

“肖亮不是被T城纠察队枪伤了吗？我们是护送他来W市医治的。”

“哦，”叶根记起来了，就在他被押往东门港三天前，一中高三的学生，‘红司’的司令肖亮，在与保皇派武斗时被对方盒子枪击中了腿部。“肖亮现在情况如何？”

“子弹已取出，医生说腿总算保住了。”

“我们几个在医院照看他，今天特地到江边来观礼，没料到会遇见叶老师！”

“听说我们撤到骷髅山后您被纠察队押去东门港枪毙，是怎么又逃出来了？”

“It's a long story.”叶根笑道，“我的命贱，不容易死的。”

“我大哥是个传奇人物！”丽菁骄傲地说。

学生注视着叶根游泳裤上的“红八月”和他妹妹衣袖上的“钢二司”，既羡慕又钦佩。

“叶老师，您真了不起！不仅加入了响当当的造反派，今天还要横渡长江，我们T城也就您一个。”

“你们也可参加横渡呀。”

“不行，没这种本事。您是我们‘红司’的代表！”

说话间，前面的哨音响了。叶根脱下拖鞋交给小妹，准备行动。学生们一齐向他竖大拇指，并说：“千万注意安全啊！”

叶根下水时感觉所谓的队列已开始散乱，同时发觉有不少未佩带任何袖章的不知来历的人也跳入水中，无人干涉。原来并非东东说的那么严格，什么造反派不造反派，谁都可以游泳。

但他仍以自己身上有“红八月”的袖章而感到自豪，毕竟正式加入了这个与“钢二司”齐名的造反派组织，（只不过规模没“钢二司”大）不是冒牌货，起码此刻不是“摘帽右派”或“牛鬼蛇神”。

醉翁之意不在酒，在于山水之间；叶根之意不在江，在于造反巡礼。大江大浪里击水于他已非新鲜玩意，使他激动的是当前自己获得的身份证。他加入了一个心驰神往的革命组织，并首次参与了它的一次盛大活动，当时的感觉除了他本人，除了与他有共同经历的人，是很难体验的。他可以为自己的组织赴汤蹈火。

正当叶根沉浸在江水里，沉浸在思绪中，突然感觉有什么东西触到他的脚踝。他下意识地回头看了一下，啊！一双凶神恶煞的眼睛正盯着他。凭着本能他产生了不祥的预感，于是加力前冲，欲摆脱那邪毒的目光。

迟了！他的小腿已被一双有力的手拽住，眼前一片浑浊，身子往深水里下沉……

向来条件反射迅速的叶根，尽管此刻不知拽他者何人，也不明何故何因，却清醒地意识到一场你死我活的斗争开始了。他愤怒地扭转身躯，朦胧中用双手使劲地掐住了那人的颈项，紧接着抽出一只脚来凶猛地朝其下身蹬去。

叶根学游泳时首先练的就是扎猛子——水中闭气的功夫，所以他能在水下沉着地回击凶手。

于是，那家伙抱住叶根的手松脱了。呼吸阻断，身子像个吊颈鬼在水中晃来晃去。

于是，那家伙遭受着叶根一记又一记重创，软瘫了全身，不见了踪影。

我的天，真是好险！

解脱了缠绕的叶根急速转弯，以垂直江水平行大桥的角度奋力划行了三十多米，回头确认再无人跟踪或靠近身旁时，才长长地舒了一口气，从容地徐缓地继续前行。

母亲的劝阻多么正确！这次横渡长江确实危险。然而父亲的预言何其睿智！他叶根真的再次化险为夷、绝处逢生。他非但没产生后怕，倒认为不虚此行——又一次战胜厄运的欢乐！

回首望见江边有人呼救，有人招手，而江心好几处是数人拥着一个救生圈，停泊在航道上的救护大艇还不断扔下救生圈来，伸出长竿，看来遭遇险情的人不独他一个。

由于清晨水凉，刚才与歹徒搏斗又用力过猛，他一条腿的脚趾抽筋了。叶根并不惊慌，比起此前的生死之战这算不了什么。他翻身仰卧在水面上，感觉长江的浮力很大，便一脚蹬水，以背部蠕动保持平衡，轻轻用手揉捏抽筋的脚趾，没过多久便复原了。

其实当时叶根已距大艇很近，他可以招手求援，可以上船歇息。但他压根儿就没这些念头，遇到困难就言败，那还算什么造反派？

大自然与人是多么不相同啊！叶根想道。比如这长江，它能托起你也能淹没你，水能载舟也能覆舟。但它和你是平等的，且有规律可循，不存在阴谋暗算。然而社会人却不相同，他们要害你而你竟无法预知，恶势力又是那么强大，你自身的力量何能与其抗衡？

比如刚从水库调到一中，勤勤恳恳地工作，没犯任何错误，“文革”工作组就把你铁定为批斗对象，只因为你曾经被划过右派。即便你摘了帽子，谁料依旧被人视为“摘帽右派”，永世不得翻身！人在社会中完全不能主宰自我，虽然有时意外脱险，比如那次押往T城东门港，但若非外力偶然因素后果就不堪设想。那不是靠自身力量获救的，自身的微弱怎能与恶势力对等？

又比如刚才水中的一场搏斗，尽管可以说是自己解救了自己，但也存在偶然因素。与你敌对的幸好是一个人，如果对方是群体你也莫望能安然胜出。在社会迫害中有多少时候与场合是一对一呢？何况迫害与陷害是你能预知的么？你怎么能测知其规律？它有规律吗？

叶根在江中遨游，在江中冥想，全身心地拥抱着长江，深情地感受着大自然。在大自然怀里他是多么惬意，多么安祥，多么欢畅。暂时远离了旷日持久的批判斗争，远离了身心交瘁的监狱劳役，远离了难卜未来的惊恐。他此刻是个绝对自由的生灵，在大自然天地中可凭自己的力量掌握自身的命运。

绕过了两艘大救生艇后，他很快卷入了汉水急流，水温骤然变冷，流速也加快了几倍，从后面推动着整个身躯飞猛前行，除控制方向之外，他不需要其他动作也不能有其他动作，一转眼间便被急流带到了游程目的地——滨江公园。

他抓住了铁索，让等候在那里的人接上了岸，然后无比自豪地受领了颁发给他的一枚“造反派横渡长江纪念章”。

接待者告诉他：“这里的卡车都是为渡江造反派准备的，你上任何一辆都行。送你们回原来的地方。”

叶根兴奋地紧握他的手后，便爬上一辆将要开动的卡

车。车上的人都和他热情招呼，游泳裤上也都印有各种标记——“钢二司”“钢工总”“红八月”“新华工”“三司革联”……

沿途车友们神情激愤地交谈着渡江的事，说下水码头的栏杆被“红色铁旅”故意挤垮了，不少人撞死在江里，特别是充当仪仗队的人首当其冲。叶根半信半疑地听着大家的谈论，一心记住母亲的嘱咐，赶快回家，以免老人家担心挂念。

母亲如释重负地等回了儿子，不久东东也安全到家了。左邻右舍都过来道贺，说叶家两兄弟福大命大，未遭“红色铁旅”毒手，现在渡江活动已经结束，还有很多家的子弟没有下落。又传长江下游正在打捞尸体，目前捞起的就有两百多具。这消息是真是假不得而知，当时传遍了整个江城，尔后却未见媒体有过明确的报道，既没认同也没反驳。

“红色铁旅”是W市最大的保皇组织，他们队伍庞大，装备齐全，武斗时无论前冲后退都服从统一指挥，很像正规军的作派。江城百姓都目睹过“红色铁旅”的暴行：他们头戴钢盔面罩，手持长矛大刀，在街上肆意屠杀革命群众，遍地鲜血。

叶根不敢把自己横渡时的遭遇告诉母亲，那会增添母亲对他未来的精神负担，他除了提醒东东之外没向其他家人透露。

“大哥，你下水后怎么有一阵不见了？”丽菁问道。

“潜泳。”

第十七章

一天，叶根从三医院治牙齿出来，经过阅马场，看见好多人堵在HB剧场旁边，下意识地抬头望去，一幅海报映入眼帘——叶塞尼亚。他立刻挤进购票的队列，这大概是“文革”武斗以来第一次恢复电影放映，怪不得人们那么兴奋。

他知道母亲除了阅读杂志之外就喜欢看电影，尤其是外国电影，于是按在家的人数买了五张票。剧场离家不远，只需步行一刻钟左右就能到达。晚饭后叶根收拾刷洗了餐桌碗筷，便和大家出门了。

母亲步履矫健，尽管上了年纪，上街时一向走在前面，儿女们稍为怠慢就被甩在后头。叶根扶着爸爸，丽菁与二哥文文并排，一路欢声笑语进了剧场。

银幕上吉卜赛姑娘叶塞尼亚又美丽又善良，她对爱人思恋的执着，失意的忧伤，启开了观众的心扉，湿润了他们的眼眸。故事情节跌宕起伏，峰回路转，看得人去后思

绪绵绵。回到家里，叶根沉默良久，别人也不知他在想什么。

次日午睡罢，叶根照例为妈妈按摩，他能如此亲近地侍奉母亲，母子都感到欣慰，毕竟这种机会难得。特别是，母亲只接受和欣赏叶根的手法，其他子女的力度总不能让她老人家满意，不是重了就是轻了，没根子心细也没根子耐烦。

母亲闭目躺在床上，突然问道：

“根子，你和那个罗芭儿的事怎么样了？”

“怎么样？‘文革’一来我就没再见过她。”

“你没去找她？”

“上哪儿找去？罗哀家不告诉我地址。”

“为什么不告诉你呢？”

“她也不找你？”

“不知这姑娘究竟长得什么样，让你那么上心。”

“妈妈，您喜欢叶塞尼亚不？”

“当然喜欢。”

“罗芭儿就像叶塞尼亚。”

妈妈笑道：“你这是想疯了，情人眼里出西施啊！”

“是真的！她真有吉卜赛人的味道。”

“你们那乡村僻野，还……”

“乡村僻野怎么了？吉卜赛人不是来自乡村僻野吗？”

“那倒没错，到处流浪的部族。这么说，她有股野性？”

“不是野性，妈妈，是野生的美！”

“呵呵，我就知道你爱什么样的女孩。”

“那个罗芭儿知不知道你挨批斗的事？”

“我也不知道她知不知道。”

“现在你自身难保，躲在W市，T城那边如何？无从了解。”

母亲只能这样开导儿子，“还是暂时放下吧，等运动完了再说。”

大约过了个把星期，叶根送父亲出差外地回来，遇见一个好熟的身影正在门口和母亲谈话，啊！是王立德老师。

“王老师，你好！什么时候离开T城的？我们又见面了，真像做梦一样！”

“蛮巧蛮巧！我刚打听到这里，你就回来了。”王老师笑得咧开了嘴，“这位老太太是……”

“哦。这是家母。妈妈，这是我的同事王立德老师。”

“是吗？听叶根说起过。来，快请进屋。小妹，来客人了，泡茶！”

王老师说他是乘T城便车来的，公路汽车还没通行，不过快了。

“自你走后当天，三字兵就杀回了一中，翻箱倒柜，到处抄查，把宿舍搞得乱七八糟。不过我还好，他们知道我没上骷髅山，还算客气，没砸我的房间。”

叶根问道：“骷髅山的老师们呢？还没下来？”

“嘿嘿，你听我慢慢跟你说。”王老师一边品着茶一边抽着烟，神情显得轻松悠闲。

“T城县的人都在讲一个《捉放曹》的故事，说魏石龙逮住了你又放了你，有意思得很。”

“你不知道那天好危险。他们把我押去东门港，差点挨了一枪！”

“我要他莫乱跑，当时情况复杂险恶。”王对叶根妈说，“他硬是不听，急着要回家。您看，算是捡了一条命！”

母亲说是呀，他总是独行其是不听旁人忠告。

“又过了两天，由于中央接二连三发文件，人武部派军

代表进驻了一中，一方面做三字兵的工作，一方面把骷髅山的师生接回了学校。说是‘斗批改’要进入了第二阶段，当前的主要任务是批判资产阶级反动路线。希望两派不要再互相争斗。”

“哎呀，这就好。”母亲说，“再斗下去学校就不成学校了。”

“好什么呀？斗争还会继续，没这么快就收场的。”文文在旁插嘴。

“我看也是这样。”王老师接着说，“不过军代表李同志在学校大会上讲了：‘资产阶级反动路线转移斗争大方向，挑动群众斗群众，煽起派性冲突，是绝对错误的。特别是整教师的黑材料，比如“说毛主席是个有生命的东西”呐、“天地黑”呐等等，纯属断章取义莫须有的罪名。这些黑材料必须彻底推翻，替受迫害的教师平反！’”

“这不是说我大哥吗？”丽菁情绪亢奋。

“军代表正是专门提到了你。”王指着叶根说，“李同志讲：一中的叶根老师不惧怕迫害，敢于自己解放自己，亲自跑到WH军区去申诉，这就是反抗资产阶级反动路线的实际行动。一中的教师绝大多数是好的，是革命的。对于他们所受的不同程度的迫害，我们正逐一调查。凡是黑材料，都要推倒。”

听到这里，叶根一家人鼓起巴掌，声音似乎要把玻璃震破。

“哈！真要喊声‘无产阶级革命路线万岁’呀！”文文从座位上一蹦三尺高。

叶根问王老师：“那，你也没事了吧？”

“这不是明摆着的吗？大势所趋，还能有什么事。你怕他们真敢把我当特务整？”

“那么，学校已开始批了？资产阶级反动路线？”

王老师说“红司”小将准备清算县委工作组，三字兵的头目和骨干已很少露面，那个极左分子伪保长躲了起来。教师被那场武斗吓得心有余悸，半数以上的人都离校回家了。所以他找了一辆从T城开往W市的便车到这里。

叶根为了庆祝，也怕母亲劳神，就带全家人外出，在一家酒店替王老师接风洗尘。当天晚上王住在叶根家里，两人聊至深夜。

王还告诉叶，T城在W市读书的大学生组成了一支“打回老家”造反队，作为“红司”的战友和援军，来势凶猛，正轮番揪斗旧县委与“鸟屎”的成员，冲突又在激化，军代表也无能为力，撤回去了。

“我先在W市玩几天再说，自他妈的‘文革’以来简直把人憋死了。看看这里的形势，然后回新洲老家一趟。”王又抽了一口烟，喝了一口茶，便躺下睡觉。

叶根乐得在家消受一个来之不易的暑假，多半时间陪在母亲身边，帮妈妈料理家务，陋室里氤氲着无尽的温馨和甘甜。少半时间则与文文、美菁搞器乐三重奏：叶根小提琴，文文手风琴，美菁吉他。和弟妹们重温昔日的美好时光：与终生崇拜的伟大魂灵神交。

美菁远在城郊一所中学任化学教师，自运动开始也在停课闹革命。她平时回家不多，这次听说大哥脱险归来，这个暑假撇开了正在恋爱的男友要好好陪陪大哥，问问大哥在T城的生活情形。

“明天你跟我去商场，我帮你好好武装一下。”美菁对叶根说：“你这个样子人家更不把你当回事，更要欺负你。”

"你说什么？别人欺负我是因为我有历史问题，跟我这样子有什么关系。"

"人要衣装佛要金装，什么时候都是定律。你别以为'文革'把这条定律也会革掉。特别是现在，你已经平反了，更要扫去一身的霉气！人穿华服精神爽！"

"大妹真不愧是教化学的。"文文说，"能把几百年约定速俗成的谚语化成这种怪味来。"

美菁笑道："质起了变化就叫化学变化呀！"

叶根说："我正想为罗哀家买点西洋参带去。还有佛哀家！"

"我也要去！"丽菁向来对逛商场和购物兴趣很浓，"大哥本来就漂亮，再锦上添花，还怕那个，叫什么……罗芭儿不迷死了？"

叶根哼哼地笑着，"她看上我时我一身的石灰和油漆，才不像你想的那么势利眼。"

"好哇！还没接进门就这样抬高她打击我，大哥已经鬼迷心窍了！"

"八字还没一撇，什么接进门不接进门的？"叶根说，"八成她也不会嫁给我。"

小妹说："耶，怎么又变得没自信了？像大哥你这样的美英雄打起灯笼上哪儿去找呀？"

"哦对了！明天我们还应该为罗芭儿和兰子挑几件漂亮衣服。"美菁差点忘了自己的日程。

接着文文便发表高见："不管八字有没有一撇，她能爱上我们这位落难的大报应，就是天庭下凡的七仙女。对这样的神仙进贡我举双手赞成！"

"你就会嘴巴快活！"丽菁说，"倒是拿出点实际行动来。”

“那好办，叫她到家里来，我满怀圣洁之情为她写生。”

“除了画画你还会干什么别的！”

“小妹，你莫总是有眼不识泰山，不是那样的人我才懒得画呢。”

叶根家门前是学院内一条二三十米宽的横林荫道，对面是弧形篱笆，有个小门。篱笆圈起了一个小草坪，那是学院幼儿园孩子玩耍的地方，如今幼儿园早关闭了，草坪白天闲着。

每到傍晚，叶根全家便去草坪纳凉，器乐三重奏就在这时开始。悠扬的琴声流转于夜的低空，牵引出许多邻舍坐在门边听赏，他们羡慕叶家的兄弟姊妹，同时又保持着相当的距离。

其中原因有点复杂：一方面叶根父子都上过省报，是一九五七年出名的右派；另一方面叶家除两位老人之外，儿女们都有些古怪。其实这古怪直接与第一个原因相关，家中出了两个右派，亲属受牵连遭歧视的情形可想而知，所以八个兄妹紧密得如同一块铁板，却和外界极少往来。

真正的三重奏曲目并不多，通常叶根的小提琴拉奏乐曲旋律，文文手风琴和美菁吉他和声伴奏。他们最喜欢的曲子是圣桑的《引子与回旋》、萨拉萨特的《流浪者之歌》以及波隆贝斯库的《叙事曲》等等。即便如此，小妹丽菁也往往会表示轻度不满，说：

“你们拉点别的好不好？尽搞这些阳春白雪，只顾自己欣赏，我都听不太懂呢。”

“好吧。”大哥对文文和美菁说，“来，马思聪的《思乡曲》和《牧歌》”

于是丽菁听得津津有味，闭目凝神。乐曲奏完，连连称赞。

“满意了？这也是阳春白雪，知道吗？”文文对小妹说。

离叶家大约三十米的斜对面，住着一位极和蔼的老人丁妈，是叶家的湖南同乡。最近她家来了一个外地客人，到W市度假的护士小姐，每晚看着听着叶根他们奏琴，心驰神往。便请丁妈引见，想和这家人结识。

“叶大哥，回家来了！”丁妈走过来搭讪。

“丁妈你老人家身体好吧？小妹快搬椅子请丁妈坐。”

“我不坐咧，屋里有个朋友蛮喜欢听你们拉琴，又不好意思过来。”

“冒关系咧，”叶根也道着乡音。“过来一起玩罗。”

“小柳哎！”丁妈转身对那边呼喊：“快来快来！”

随着丁妈的喊声，一个年约二十三四岁的女郎袅袅婷婷地走进了草坪，衬衫套着过膝的长裙，头上盘着精致的发结，身姿丰满但不显肥胖，面容属于那种所谓冷艳的类型。一双眼睛虽然过圆过大，却目光内敛。总之，看上去是个漂亮而不简单的女人。

她言辞不多，叶根也只是客气应酬，倒是文文很兴奋，每奏完一曲后和她总有话讲，而且妙语连珠，诙谐幽默，把陌生的气氛搅得很鲜活。

后来小柳与叶根一家越来越熟，对这个家庭满怀欣羡之情。她好像同时爱上了叶根文文两兄弟：叶根在她眼里是个深沉而富有魅力的男人，还不乏神秘感；文文则活泼聪明，才思敏捷，且更具亲和力。她话虽不多，人却不拘谨，常主动约两兄弟逛公园看电影。每逢这种时刻，叶根总借故推脱，让文文单独陪她。

有次母亲问他：“根子，你怎么不一块去玩玩？”

“文文喜欢小柳您看不出来吗？”

“我看她好像更喜欢你。”

“我也看出来了！”丽菁说。

“还是让文文陪她玩吧，她也蛮喜欢文文的。”

“妈妈，我知道大哥心里只有罗芭儿！”

“是不是呀？”母亲说，“你不是讲八字没一撇吗？”

叶根不答。

文文毕业于医学院，自然和小柳护士有更多的话题。但他感兴趣于小柳并非职业因素，而是绘画的视角：他越注意观察，便越感觉小柳有种不同寻常的气质：对理想的执着和对世态的冷漠，以及柔和外表下蕴藏着坚韧的力。

当时文文并不得意，在一所学校打工，干着他不喜欢的教师行当而未从事医学专业，并且体弱多病。可是小柳毫不介意，认定了这是一个景遇不佳却智力超群的天才。那个夏天两人常在一起，感情迅速升温，终于产生了质的飞跃。

关于他俩的故事就无须在这部小说中详述了，结果是水到渠成，成为伉俪。小柳跟文文还生了两个男孩。

第十八章

此前，人武部采取坚决果断的措施，清点和收缴两派的枪支武器，既往不咎，谁若隐藏不交将负严重后果。T城大规模血与火的景象消除了，公路通车了，一中的外地教师接通知也陆续返校了。但自“打回老家”战斗队开来以后，两派的打斗仍时有发生，且有升温的趋势。

“红司”的小将见叶根归来，非常兴奋，围着他天南海北。他们已从W市回校的同学得知：叶根加入了响当当的“红八月”，并和浩浩荡荡的造反大军横渡长江，加之此前在东门港的遇难和脱险，正像丽菁所云：“一个传奇人物”。无人再敢轻视他，更无人再敢侮辱他。

肖亮说：“叶老师，我们正等你回来掀起大批判的高潮！”

叶根笑道：“此话怎讲？”

“红司”小将们于是七嘴八舌嚷开了：

“你是受资产阶级反动路线迫害最早的老师！”

“也是受迫害最深的！”

“只有你先站出来，大批判才有力量和气势！”

“叶老师你要愤怒揭发大声控诉！”

“我们准备不久就召开批判大会。”肖亮取下眼镜擦了擦又戴上，“到时候把工作组和‘鸟屎’的骨干分子都揪上台来，大家推举叶老师你第一个发言。”

“好的。”叶根回答，“我准备一下。”

“红司”小将们还告诉叶根：“鸟屎堆”（即“燎司头”）和他的几个干将已被揪斗了几次，至今也没彻底交代问题，特别是没供出枪杀肖亮的凶手。不过在县大院礼堂打竹叶青和叶根的家伙他们已知道了。

“你们怎么知道的？”

“他们互相揭发时说出来的，现在就关在一中。叶老师你去揍那家伙一顿，出口恶气！”

叶根沉思了片刻，说道：“没这个必要了！打来打去，冤冤相报何时得了？”

接着，他问肖亮：“‘红司’也搞了集中营？”

“以其人之道还治其人之身！”

“听我说，三字兵和‘燎司’搞的是流氓地痞之道，打砸抢之道，法西斯之道！造反派不要学他们。”

同学们尽管觉得这话不无道理。但是，难道说把那些混账东西随随便便放了？这是任何一个“红司”小将都不能答应的！

在叶根逃离T城期间，他的房间被老混蛋左金全带领的小混蛋砸得体无完肤，室内稍有价值的物件和皮箱内的衣服被洗劫一空。唯一可庆幸的是小提琴早先由兰子转移，

否则他真的是一无所有了。发生的一切都在预料中之，叶根并没有太多的伤感。说实在的，这些损失比起他的收获算不了什么。

稍事整理居室后，第二天傍晚他便去看望罗哀家。老太太见叶根平安归来喜极而泣，像母亲拉着儿子般嘘寒问暖。叶根简单禀告了种种切切之后便呈上他自W市带来的礼物——几盒西洋参和给国平的几本乐谱，老太太自然欣慰有加，对叶根说：

“难为你这样挂念我！真是有心人。”

当她看着叶根为芭儿买的漂亮而昂贵的衣服时，却无言地落泪转过头去。

“罗哀家，您怎么哪？”

老太太捧着新衣，走开去坐在床上，深长地叹了口气：

“芭儿已经结婚了……”

一块沉重的铅塞进叶根胸口，一时他什么话也说不出来，几乎窒息。

隔了好一会才声调模糊地问道：“还是那个人吗？”

“还能是谁？”

“什么时候？”

“你上次来我家以后。”

上次？叶根记得那是他调到一中后的第三次，那三次都未遇见芭儿，罗哀家也很少与他谈芭儿的事。其实芭儿的婚事早成定局，他并非不知而只是幻想未必成功。

他能争取到自己的幸福吗？他有争取的时间吗？接着“文革”就开始了，他被关进集中营后便失去了人身自由。

芭儿结婚，对他来说一点都不意外，只剩下遗憾，时不凑巧的遗憾，力未能及的遗憾，永生永世的遗憾！他不便再说什么，他还能再说什么？内心已是一片空白，找不到任何语词。

有如木雕一般，他静默良久。然后起身告辞，罗哀家没能把他留住。

“我过些时再来，哀家您多多保重！见了芭儿请代我祝福。”

老太太久久地望着叶根背影垂泪，心中有无限酸楚。

叶根从罗哀家那儿出来，未直接回学校，步履沉重地来到雋水河边。

垂柳拂风，摇不动胸中的铅块，他向着远山叫喊并用双拳擂击自己胸脯，颓然倒在沙滩上。

也不知过了多久，叶根凝望着渐渐清亮的星空，寻找一束耀眼的光芒。啊！那就是芭儿，令人心碎的美丽，使人已经遥不可及。

他这一生似乎注定了和自己钟爱的女子无缘，蒂兰如此，芭儿如是。好像前世欠了她们的风月债，无可逃遁地须用今生的所有情思偿还。

雋水浅浅的溪流在身边潺潺作响，和他一道回忆过往的风雨雷电春花秋月。他不懂苍天为何要赐予珍奇绝美又如此迅疾地收回，难道爱情本来就无永恒？还是冥冥中的因果报应？

为了尽快镇定心神，也为了履行对“红司”的承诺，叶根提笔写大批判稿。写完之后，想找个人聊聊，肖亮迎面走来，挽着他的手说：“我们先去看看那几个鸟屎在干什么。”

一条教工宿舍走廊出口，有几个“红司”小将在那儿

把守，以防关在屋里的“鸟屎”出逃。那里一共关了五个，两个一间，“鸟屎堆”单独一间。当他们看见肖亮和叶根来到房门口时都异常紧张，立即趴在桌上作书写状，假装交代问题。

“打你的‘鸟屎堆’就在那儿。”肖亮指着走廊尽头一间屋对叶根说。

“那不是左金全的房间吗？”

“伪保长早已逃之夭夭了，我们就把鸟屎堆锁在他屋里，一丘之貉！”

他俩刚要跨进那屋，走廊出口传来呼唤肖亮的声音，肖亮有事转身走了，叶根独自进了屋内。“鸟屎堆”吓得魂不附体，绕着桌子转圈儿。

叶根一步步向他靠近，想看清眼前这张脸。但他一点印象都没有，那次在县府礼堂陪竹叶青挨斗挨打时他根本没注意打手是谁，只顾着自己挣扎。加之此刻这人鼻青脸肿，更无从辨认。

“鸟屎堆”素闻叶根厉害，如今狭路相逢，明白凶多吉少，不禁周身冷汗直淌。突然，他扑通一下跪倒叶根脚前，哭声哀告：

“叶老师！对不起，我有罪！我该死！当时派性作怪，我在县大院礼堂狠狠打了你，现在我也被人打了，浑身是伤，自作自受！今后我再也不敢了，求求您高抬贵手，手下留情！”

叶根回忆起那晚有几个畜生对他拳脚交加，非常狠毒，现在为首的家伙就在眼前，真想一腿踹他个满地爬。

然而，他放弃了报复，因为他从不报复知错认错的人，加之眼下这人样子也怪可怜的，便慢慢坐下来点了根烟卷，说："你起来吧，我不打你。"

鸟屎堆爬起来，瑟瑟缩缩地立在叶根面前，弯着腰，垂着头，又连声赔礼道歉。

"你进来多久了？"

"差不多一个星期吧。"

"听着！今后要记住血的教训。写你的材料吧。"叶根起身走向门口。

他刚迈出一只脚，又被"鸟屎堆"叫住了：

"叶老师！请您等一下！"

这家伙没料到叶根竟是个如此好说话的人，丝毫不记前仇，除深深感激之外，还想求他帮个小忙。

"干什么？"叶根回过头来，注视着他。

"我知道您是个好人，能不能求您一件事？"

"什么事？"

"我想让家里人给我带几件换洗衣来，您看我这一身又是汗又是血的，不知道可不可以？"

叶根考虑了一下，觉得没什么不可以，即便对犯人也要施行人道主义，但必须与"红司"商量。

"你给家里人写个字条吧，把地址姓名写清楚。"

"实在是太感激您了叶老师！以前我真瞎了狗眼。"他禁不住热泪汩汩而出。

叶根接过字条一看，差点晕厥。那上面写着：

罗芭儿：

我遇着一位救星，"红司"新一中的叶根老师，他答应帮我。你快给我带几件换洗衣服来。

胡建军

“罗芭儿是谁？”叶根尽力控制情绪，用平静的声音问道。

“是我老婆。”

“她是不是有个表哥在文化馆？”

“正是！叫李国平，叶老师您认识？”

叶根没回答，转身匆匆离去。

他回到卧室，从口袋里掏出那张字条看了又看，恨不得把它撕成粉碎。这个“鸟屎堆”既是他的仇人又是他的情敌，居然还要他送信给芭儿！

再宽宏大量他也咽不下这口气，这未免太残酷太荒唐了，太不可思议不可想象了。他的心针扎般疼痛，疼痛得颤抖不已，疼痛得狂笑不止，他像个疯子似的把触到的东西乱摔乱打，屋里一阵乒乒乓乓。

平时他不会喝酒，充其量不过二三两，还是与人助兴，那天竟一口气干了一整瓶“黄鹤楼”，昏昏沉沉醉倒床上。然后又呕又吐，狼狈不堪，踉踉跄跄走向浴室，足足让冷水淋了一个小时。

清醒过来的叶根，痛定思痛，明白自己该做什么不该做什么。他立即打电话至文化馆找国平，要国平去送口信取胡建军的衣服。不料国平已下乡，他只好自己登门去见芭儿了。

如今的叶根进出县府大院非但堂而皇之，甚至威风凛凛，没有谁不知他是响当当硬邦邦的造反派，即便在大街上也有些被列为“走资派”的原县委对他毕恭毕敬，请他在“红司”小将跟前说情，企望少挨几次揪斗。

叶根问到了胡建军的住址，叩开了房门，罗芭儿惊呆了。

他没开口，把字条递上。芭儿看着叶根疲惫忧郁的神情，惶惑不安地接过字条，看完之后更加惊愕不已。

“你和他怎么碰见了？”

“冤家路窄，鬼使神差。”

她长十个脑袋也想不到帮丈夫送信的人竟是丈夫的情敌，是自己朝思暮想的叶根，是天地间尘世上永不消逝的梦影！

“叶根哥！对不起！”芭儿眼泪夺眶而出，整个身子向叶根怀里扑去。“我没法子呵，我太无能！”

叶根怦然心动，帮她擦干泪水，捧着她的头：

“芭儿，别这样说！你没有什么对不住我，也不是什么无能，只怨我运气太差了！”

她愈觉伤心悔恨，便使命地搂住叶根，热血翻腾，恨不得就融化在他怀里猝死在他身上！叶根想着过去，看着眼前，深心充满了对芭儿的怜惜。

他竭力稳定自己，“你快清几套衣服吧，肥皂、毛巾什么的。家里有药吗？”

芭儿摇头，仰面问道：“你为什么要这样？”

“因为他是你丈夫你生活的伴侣呵，看样子伤得不轻，要真成了残疾你就更可怜了！”

“我去买药，”叶根接着说，“医院有我朋友，你莫担心，我会找人替他看看。拖久了就不好治了。”

“他们一家不知该怎样感激你！”芭儿喃喃自语。

“跟他们家没关系，我所做的只是为你。”他声音冷如冰雪。

临走时叶根问芭儿：“你什么时候送衣去？”

芭儿没作声。

“你去一中先找一位叫肖亮的同学，就说是我要你找他的。只有他能带你去见胡建军。”

“叶根哥，还是麻烦你吧。我不想去。”

叶根辞别芭儿后，去医院找到护士长小汪。那时她已入党并和卫生局副局长结婚了。

“叶根先生，好久不见，今天是什么风把你这位造反英雄吹来了？”

“好久不见，说话的味儿都变了。”

“是哪个先变了？你把话说清楚。”

叶根不想扯闲话，就直奔主题：

“我想请你帮忙选些治跌打损伤的药，还做一次出珍，行吗？”

“你伤得很重？怎么不早些告诉我？”

“不是我，是别人。”

“你的朋友？”

“哼，朋友！不知该称什么样的朋友。”

“什么意思呀？”

“你就别问了，只说帮不帮吧？”

“帮不帮就看你说不说。”

“小汪，看来你今天有点故意跟我为难。真是今非昔比哪。”

“你也不是从前的你了！”

一丝愧疚顿时掠过叶根心头，但此刻他不愿回到从前。

“跟你实说吧，是你们‘燎司’的头头。”

“哎，这就怪了！你们不是死对头吗？他有病自己会找我们，你操什么心？”

“他被‘红司’关了怎么来找？”

小汪越发地不可理解，疑惑又惊奇地看着叶根。

“这人跟你一定有特殊的交情。”

“非常特殊！”叶根一字一顿地说：“他是我过去情人的现任丈夫。”

小汪真的是坠入了五里雾中，脑子里堆积着无数的疑团，受一种强烈愿望的驱使，她把叶根带入往昔常一起吃饭的餐馆，让叶根慢慢地说出一切原委。

“唉！”故事听完后她深深地叹息，深情地凝视着这个自己曾经热爱过的人。

“我只当自己这辈子没这种福分，想不到你和那个芭儿更造孽！”说罢泪珠儿扑簌簌滴落。

第十九章

她带了个简便的药包来到“红司”新一中，说要见叶根老师，守卫的小将未作任何盘问就让她进去了。叶根叫她在屋里等着，自己去找肖亮。

肖司令听说叶根要他去看看批判稿，非常兴奋。到屋里后根本不理会小汪这位客人，一双专注的眼睛透过镜片盯住文稿，连声叫好。叶根抽着烟，小汪喝着茶，谁也不干扰他。

待肖亮把批判稿读完后，叶根说：

“你觉得有什么问题吗？”

“好极了！没有任何问题。”

叶根故作深沉地说：“我觉得有个很大的问题。”

肖亮不解，等着叶根说明。

“我们一边批资产阶级反动路线，一边关押‘燎司’的人员，你想一想，这样合适吗？”

这的确是个政策问题和策略问题，肖司令还真没想过。他取下眼镜擦拭，重戴上后问叶根话：

“你的意思是把他们都放了？”

“是的，都放。留一个都对我们不利，都会使我们的大批判遭受致命的反击。”

“没错。”肖司令豁然开朗，“老保们反而会说我们在搞资反路线。”

他一时进退两难，举棋不定，终于说：“好吧，叶老师，我听你的！”

“我们必须在批判会召开之前放人！”

肖司令在室内来回走动，双眉紧锁，真有点司令的派头。他猛一转身，扬起右手食指：

“那就在批判会头天晚上放！你认为怎样？”

叶根笑道：“行呐，你是司令你说了算。只是不能再晚了！”

“好，就这样决定了！多亏你提醒我。”

他正要走，又被叶根留下。“别忙，还有件事要和你商量。”

“什么事？你说。”

“那天我狠狠教训了“鸟屎堆”一顿，他有诚心悔改的表示。我看他衣服上不少血污，这样走出去影响不好，因此叫他换身干净衣服。今天我还特地请来了这位汪护士长，帮他清洗一下带血的伤口，你看如何？”

“叶老师呀你真过细，想得这么周全！不过我认为对这个家伙没必要，我们要痛打落水狗！不然它起来还会咬人。再说呢，他的伤也不是关进来才有的，也不一定是我们‘红司’小将打的。”

"反正是派性斗争的结果。我们还是应该听军代表的话，不能跟随'打回老家'走。"他见肖亮陷入了艰难沉重的思索，停了片刻，又接着说：

"况且这只落水狗起不来了，要说起来也是'红司'小将把它救起来的，被人救起的狗不会再咬恩人。退一万步讲，它若再咬，我们就再打。如今优势在我们这边，你顾虑什么呢？"

"我倒不是顾虑，是这口气憋不下去！叶老师，你难道不知道他和他指使的纠察队打了我们多少同学？对这种家伙不能讲仁慈，对他们仁慈就是对我们自己残忍！"

"肖亮，我们中国自古以来就有以怨报德和以德报怨两种待人处事的方式，作为革命造反派的领袖人物，你该选择哪一种呢？再说了，你们仁慈待他等于除去一个敌人增添一个朋友。即便不成朋友也未必再成仇敌，这就看我们如何做争取感化他们的工作。"

肖亮素来钦敬叶根老师，他的怨气虽未完全消除，但也觉得小肚鸡肠与他作为"红司"司令的身份不太相称。沉默一阵之后，无奈何同意了叶根的观点。

他带点嘲笑的口吻："叶老师，我说不过你，你永远代表正确！就照你说的办吧。"

"谁都不能永远代表正确。"叶根笑道，"只能说我比你多吃了几斤盐。你现在就领汪护士长去那儿，然后一道转来，今天我请你们两位到馆子里喝酒。"

"怎么？你不一起去吗？"

"我太累了，去也没什么必要，这事理该'红司'出面。"

汪护士长在肖司令带领和监护下，替鸟屎堆消毒伤口、敷药，并嘱他按时服用治疗内伤的一些药丸，最后把换洗衣服交给了他。

“鸟屎堆”心知肚明，这一切全是叶根的安排，但肖司令亲自来执行仍使他喜出望外受宠若惊。他声泪俱下地一遍复一遍地向“红司”认罪并作保证，那卑下的神态让肖亮同情不足鄙视有余。

当汪护士长先一脚跨出房门时，肖亮返身指着鸟屎堆脑袋说：

“你跟我听清楚！老老实实彻彻底底交代问题，要明白：我们可以把你当人对待，如果你死不悔改我们也可以把你当狗痛打！”

“我知道我保证！今后一切行动听‘红司’指挥。”

肖亮厌恶地摔门而去。

批资产阶级反动路线的第一天大会，“红司”一中礼堂人山人海，原工作组的成员都在台下待命，只等“红司”小将一声喝令，他们就得乖乖地从座位上站起接受审问。本来还准备把“燎司”的干将一起揪来，叶根说别让派性斗争冲淡了大会主题而作罢。

按程序由肖亮作了开场白后，指定的第一个批判发言者是叶根，他刚在台中央立定，台下的“红司”小将便吼声如雷：

“打倒‘文革’工作组！”

“彻底清算工作组的罪行！”

“坚决粉碎资产阶级反动路线！”

这次批判大会的声势比“文革”初期批斗叶根时有过之而无不及，原工作组的成员赶紧从座位上站起来，一个个把头垂至胸口，目不斜视，浑身颤抖。

叶根举起一只手示意，口号声安静了。他开始愤怒而

激昂地声讨，以大量事实和铁证揭发控诉“文革”工作组在一中的所作所为，揭示其挑动群众斗群众的反动本质，和一系列严重后果对国家社会造成的危害性。他的发言有理有据，虚实相成，自然引起群情激愤，口号和各种喊声如江潮般澎湃汹涌。

“特别是那个左金全！”叶根猛一挥手指着台下那个混进党内的伪保长说，“他声嘶力竭地叫嚷最高指示，却歇斯底里地迫害人民群众。我还没见过哪个阶级敌人有他那么卑劣和凶狠！老师们被迫写交代材料时，他居然像只恶犬蹲在人家桌子上，不仅眼睛死死盯着，嘴巴还不停地向老师脸上喷唾沫！”

听到这里，“红司”小将怒不可遏地冲过去把他揪至台上，顿时他那张脸变成了死猪肉。

叶根接着说：“这个左金全以共产党员的身份干国民党特务的勾当，丑化党的形象，毁坏党的声誉，其危害超过了任何一个所谓的阶级敌人！其罪恶大过于任何一个所谓的牛鬼蛇神！这个老流氓还煽动、带领一些受蒙蔽的三字兵大搞打砸抢，冲进民宅掠走衣服财物，分明是强盗土匪行为还恬不知耻地自称毛主席的革命路线，这到底是什么路线！”

“资产阶级反动路线罪该万死！”

“撕掉伪保长的假革命画皮！”

“工作组的走狗们都滚上台去！”

群众齐声怒吼，成百成千只手臂又像森林般竖起和舞动。

等那些被揪上台的人站成排后，叶根劝小将们各回原位去了，以免再出现武斗或架飞机的情形。那些受审判者差点掉了魂，一个个战战兢兢地面对台下弯腰垂首。

叶根又看到台下兰子的身姿，这回她站在前排，双手举过头顶，迎着叶根微笑鼓掌。

与大批判同步进行的是，对全体在“文革”中挨整的教师平反，可谓皆大欢喜。

可是别喜早了，随之而来的便是“清理阶级队伍”，去掉了“牛鬼蛇神”标签的教师们虽然不再挨批斗，劳动改造却是免不了的。叶根、王立德等在“文革”初期挨整的教师，包括文教局章局长通通去了“五七干校”。同时，学生们纷纷上山下乡，插队落户，去接受贫下中农再教育。

兰子特地选了一个生产队，位于“五七干校”通往城关的马路旁。

叶根当时三十出头，在干校属一等劳动力。他经常性的活是挑担送粮和扎排运木料，河里驾木排是他最高兴的事，王老师搭了叶根这个伴开心又有安全感。叶根水性好，木排航行得平稳而顺畅，即便遇到险情，叶根也是他的定心丸。两人坐在木筏上，抽着烟，聊着天，迎着风，排着浪，自由自在似神仙，这种时刻他总忆起了在东湖打猪草的情景。

然而送粮就没如此惬意和雅兴了，一百来斤的胆子压在肩上，到城关有十五六里。王老师四十好几了，过去又没挑担的经验和锻炼，送一程得歇十五六回，腰酸背痛苦不堪言。不得已向领导请求，跟章局长一伙人干田里活。

叶根多亏有“三五农场”打下的基础，担一路歇两三次还轻轻松松。有次他过一个弯子时听见声清脆的呼叫：

“老师，快来歇歇！”

掉头一看，原来是兰子！

“你怎么在这儿？”

“我在这里插队落户。”

兰子十五岁初中毕业，如今已十七八九了，长成了个鲜艳如桃的美少女。她之选择在此落户，就是想常有机会见到叶根老师。

叶根撂下挑担，随兰子进了屋。屋内有书桌、床、几把竹椅和一口箱子，此外就是一些盥洗用具。室内整齐清洁，室外绿树成荫，倍觉凉爽。

“嗯，不错，好位置！”叶根舒服地坐在竹椅上，愉快地左顾右盼。

兰子忙盛一盆凉水给叶根洗脸，又递过来烟和茶。

“你哪来的烟？”

“专门给你预备的。”

“你怎么知道我来这里？”

“你们去城关必经这里。”

“也真巧呵，没想到你就在这里插队。”

“你没想到吧？可我想到了。”

“你想到什么？”

“想到你会经过这里呀！”

“这么说，你特地选了这个地方？”

“Yes.”

叶根端详了兰子半分钟，她没避开他的目光。

“在这里习惯吗？会不会干农活？”

“这里人都对我蛮好，总照顾我干些轻活。”

说着兰子又从抽屉里拿出些熟红的桃子给叶根吃，还手执一把蒲扇挨着替他扇风。

“兰子，遇见你真好！”

她嘴角轻轻动了一下，没有出声。

“老师，你下次什么时候送粮？我熬鸡汤你喝。”

“不要！怎么能——不行。”

“怎么不行？”

“兰子，你把我当客人，我就不来了。”

“谁把你当客人呀？你是我的客人吗？”

“我路过这里进来坐坐就挺好的。”

兰子怕叶根坐坐就走，便说：“老师，你多休息一会儿，我去做饭。”

第二十章

叶根知道兰子从小就喜欢他，卫护他，甚至崇拜他。他也视兰子为不可多得的女孩。他没料到兰子还有很不错的烹调手艺，把普通的蔬菜炒得十分可口，比干校那水煮盐拌的东西开胃多了。饱了肚子，谢了兰子，他便起身上路。

尔后他劳动经过那里，又去了两次，一次遇上几位男同学，他们是特地去看望兰子的，知青互相串门属家常便饭。另一次是兰子与他大致约定的，她真的为他熬了鸡汤，还为他买了酒。叶根这个没酒量的人，喝一两杯便醉了，兰子烧水让他洗澡，洗罢澡他竟熟睡在兰子床上。

等他醒来，看见兰子静静坐在床边，向他深情凝视着。

可是，自那以后就没机会了，不是总有送粮的活，因为叶根善于水上作业，他成了放排专业户。再以后那拨人从五七干校抽回，等待重新安排。在让这些教师重上一中讲台之前，县委先把他们安置在城关小学过渡，干一些轻微的零活。叶根被指派敲上下课铃，倒也自在。

在此期间，他的两个小妹妹——六妹曼菁和七妹妙菁作为知青被安排到随州农村插队落户去了，到快过年的时候她俩回家探亲，母亲见两个小女儿晒得浑身黝黑，是高兴是怜惜一时真说不清楚。过了几天，母亲想到根子不能获准与家人团聚，便对这两个小姑娘说：

“你俩想不想见大哥？”

妙菁说：“大哥什么时候到家？”

“天知道！过年是莫指望了。”

曼菁说：“那我们去看他。”

“妈就等着你们这句话。你们不怕疲劳么？”

妙菁说：“怕什么？坐车还会比在农村烧窑累？”

曼菁霍地立起：“明天就走！我们一定要赶去和大哥一起过年。”

下面这首词记载了叶根和两位小妹妹那次相逢：

满庭芳·欢会（1969年）

位于湘、鄂、赣三省交界处的九宫山，茂林修竹，奇花异卉，每当艳阳高照，一片翠绿金黄。那里虽无许多名胜古迹，却是李自成墓碑所在地。山下一条宽阔河槽，半边干涸，半边淌着浅浅清流，名曰隽水，是几经曲折过滤而来的山泉，润洁晶莹，甜美醇香。1969年“文革”期间，我未获准回家过年，远在随州网市公社插队落户的知青——六妹曼菁和七妹妙菁特来探望。正月初三，冰雪消融，阳光灿烂，我携妹妹登山，近观隽水，远眺黄龙，感人生之叵测，觉天宇之浩瀚，情不自禁，爰为此词。

风送花芳，云开虹彩，宫山翠绿金黄。上高崖处，随我看春光。隽水漂流若带，飞扬起，一串叮当。龙峰险，千军万马，重现古疆场。辉煌！临此境，人生渺渺，天地苍苍。叹岁月匆忙，聚散无常。双妹探兄路远，劳顿久，情义深长。团圆夜，焚香祝福，欢会在他乡。

曼菁和妙菁在T城过了一个特殊的令人终生难忘的年！她俩陪大哥呆了无限深情的四五天，临走时拍了一张异常动人的照片留念。

叶根仍继续在小学操打铃之职。不料有次学校组织师生送肥下乡，又发生了意外的事：本来从五七干校回来的几位教师是排在送肥队伍后列，一人一担粪水。出发前该校一个年轻的教师——原“鸟屎”的干将突然命令叶根他们到队列前面去，去也罢了，还临时做了一面大旗，上贴几个大字：横扫牛鬼蛇神！这面大旗就紧跟在叶根他们后面。

叶根怒不可遏，质问那个“鸟屎”：“我们去五七干校之前都已平反，你为什么要这样做？”

“你们就是牛鬼蛇神平什么反？我们就是要把牛鬼蛇神打翻在地，还要踏上千万只脚，让你们永世不得翻身！”那年轻教师吼道。

叶根的性子能忍受吗？何况是在已经平反之后？他摔下手里的扁担，一个箭步跃过去把那面大旗撕成几张碎片。那年轻而壮实的“鸟屎”跑过来对叶根脸上就是重重一拳，叶根早有防备，只用肘部一隔，对方便横向一个趔趄，差点摔倒。他咬牙切齿又冲过来，口里还骂道：“你跟老子反了！老子就不信你这个牛鬼蛇神！”

他恶狠狠地伸着两个爪子扑向叶根，想掐断叶根的脖子。叶根冷笑着一侧身，左手挽住了对方的后颈，就势用右掌猛推其大腿，那家伙便趴倒在地上吃灰了。旁观者惊得目瞪口呆，无人出声，都预感到事态的严重。

那天该校没让叶根他们去送肥，怕当着群众之面再出什么事故。晚上即召集全校对叶根的批斗会，主题是牛鬼蛇神竟敢殴打革命群众。

叶根在会上坚决不起立，雷打不动地坐在一个位子上，也没人再敢去揪他逼他。本来也是，除了那个不识时务的家伙谁愿去碰这个钉子呢？待大家如此这般地发了一通早已让人耳朵听出老茧的批判词后，叶根倒是自己刷地从座位站了起来，一手叉着腰，一手不时向前挥舞：

“我们不仅不是牛鬼蛇神，我们还要打倒真正的牛鬼蛇神！——那就是执行资产阶级反动路线的顽固派。”

说到这里，他用食指和中指笔直地指着那个“鸟屎”，鄙夷地笑道：

“你若不服气，我随时奉陪。不过你得把眼睛睁大些，看看叶根我是谁。像你这样的跳梁小丑，还是学乖一点好。下次就别怪我不客气了。”

接着他又对全体在座的人讲：你们都是城关小学的老师，和大家一样，我们也是一中的教师。荒唐可耻的“文化大革命”行将结束，你们居然还这么糊涂！居然还继续搞全国人民都反感唾弃的老一套！居然还能为人师表！脸红不红哪？今天下午我涂了一首诗，在此念给你们听听，就算是我对诸位批判的回答：

明知残喘无多久，百计千方压虎囚。

一掌雷轰天地裂，两唇风卷海河秋。
浮生难信恩和爱，乱世却谙怨与仇。
我辈抽刀非得已，哪堪魔怪舞神州。

念罢，叶根拂袖而去，次日县委获悉此事，立马就把他们一伙调回了一中。王立德老师笑道："这真是'龙游浅水遭虾戏，虎落平原被犬欺！'"

兰子在农村插队落户时间也不长，没多久被T城瓷厂招了工。

四年后的某日，兰子突然又出现在叶根面前，那时他正在远离城关的二中教书。

"我就要结婚了。"她说得不紧不慢。

叶根兴奋道："祝贺你！新郎是谁？"

"一中的同学，你教过的。"

他问了名字但想不起来，他也知道近几年来追求兰子的人很多，便没过细询问。

兰子告诉了他这事，没说别的就打算乘下班车回去。

"你等等！"

叶根跑出校门，在一家百货店选了盏床头灯，虽算不上高级，倒也还别致。

"兰子，这乡下没什么像样的东西送你，就算一点心意吧。"

兰子接过灯，默默无语，告别叶根回城关去了。

大概又过了好几年，兰子已经有了孩子，当时不知怎么说起的，她对叶根笑道：

"那次我去二中找你，告诉你我要结婚了，记得吗？"

"当然记得，你结婚的事我会忘吗？"

“如果那时你只说一句‘嫁给我’，我就是你的。”

“不可能！我大你十三岁，你不可能嫁给我，我也不可能说那样的话。”

“我不嫌你大，是你不愿说那句话。”

“就算你不嫌我，你父母也会反对呀！”

“我父母也没反对，他们都很敬佩你的。我说起过这件事。”

“是吗？”叶根好像在听神话，“但是你没告诉过我这件事。”

“谁知道你心里怎么想的？那次去二中找你，就是探你的口气。”

“哎，”叶根苦笑道，“我怎么会想到你是来试我的呢？”

现在的兰子已是两个博士的母亲，她的聪明好学体现在一儿一女身上。而对叶根的深情厚意仍一如既往，每年冬季做腊肉时都会替他留一大刀，春节后便要她在W市工作的女儿带去。

故事到此本该打住了，但仍想再罗唆几句，或许能给读者一个更清晰的概念和结局。

叶根自五七干校回来后，新任文教局的头目和一中的校长都是原县委工作组的成员，他们深知叶根是块最大的绊脚石，便以二中外语教研组力量薄弱需要支援为借口，把叶根调至乡下，远离城关。

但没多久形势又变了，上面又发文件，责令学校一切恢复“文革”前的秩序，教学须按原先格局进行。一中的新领导本来就是教育的门外汉，对教学一窍不通，除了说空话背教条之外一无所长。作为全省十二所重点学校的T城一中，自然不是这种人的市场。新上任的书记校长屁股

还没坐热便灰溜溜地溜回了他们原来的地方。

为了重振一中并恢复全县所有学校的元气，县委不得不再次起用“T城周扬”章局长。这个“文革”初期T城县委的替罪羊，挨批斗最多，受伤害最惨，因而灰心透了，三番五次推辞不肯上任。

可是在T城除了他没人有能力主持文教局的工作，县委耐心的劝说恳切的安抚，终于使他重返文教领导岗位。他就职不久便把叶根从二中调到局里来，任命叶根为全县高中核心教研组长。

章局长本来就是叶根的伯乐和护身符，换句老话说是“文革”期间他的“黑帮”。“文革”中他被数不清的同行——曾受过他批评的和得过他提拔的——向他落井下石或反戈一击。在挨批斗时他也被迫揭发了别人一些材料，比如揭发叶根从街上为他带回一些大、小字报消息。

“不知叶根居心何在。”他在会上交代时这样说。

但是叶根自始至终未揭发他一个字，可以说叶根是唯一没出卖过他的同事，不管群众如何威逼，他镇静自如。即便非要说点什么不可，就把众所周知的鸡毛蒜皮无限上纲，听起来振振有词却无实质内容，甚至让人弄不清他的发言究竟是否定还是肯定。这套语言伎俩早在劳动改造期间就滚瓜烂熟了，这场合与那相比真是小巫见大巫。因此批斗会上群众对他很烦，常打断或终止他的话，而这正是叶根求之不得。

章局长当时就认定了叶根是个情义重而智谋多的人，复职后首先想到的便是把他调来身边，帮他重整旗鼓。不料调令未下，倒遇见长江水利科学院专案组来人了，他们要调叶根回原单位。章局长毫不客气地对来人说：

“你们把叶根同志错划成右派，这么多年了不闻不问。现在说什么工作需要，要把他调走，哪有这种道理？叶根同志在我们这里表现很好，工作很出色，生活很安定，而且我们极需要他！调走？想都别想。”

“我们想落实党的政策，给叶根同志以补偿。”来人意思诚恳。

“我们也会落实政策，我们来给他补偿！”局长语气坚决。

因为拗不过章局长，科学院的人只得无功而返。

当时叶根在二中，不知道这件事，还是调来文教局后章局长亲口告诉他的。科学院的人已走，章局长的心已决，他没说什么，也没多想。

叶根在文教局有间专门的办公室，门上挂牌“教学研究室”。其任务是到全县各学校转转，或听课，或检查学生作业及教师教案，回局后在《教学研究》内参撰文，半月一期。这工作于他而言非但得心应手，且过于轻松。他每月发两篇稿子就完事，何况不愁没有材料，随便到任一所学校都能发现问题。

但是叶根并不喜欢这项工作，确切地说是不喜欢目下的身份。他是个生性古怪的人，加之从小生长的环境，养成了对官僚的厌恶。尽管他在文教局没有什么头衔，充其量只能算个“教学研究室”室长，然而一到学校就宛如钦差大臣，校领导出于惯性对他毕恭毕敬，酒肉宴请。即便不能指望叶根在《教学研究》上给予表扬，至少也不想吃批评。尤其是叶根与章局长不同寻常的关系，更令他们惴惴不安提心吊胆。

叶根深知自己已成为自己一向厌恶的人了，从里到外

感觉不自在不舒服。章局长确实有意补偿他，还想培养他入党。这要是换了别人只怕梦里都会笑醒，可叶根没这种念头。

每月两篇教学研究稿交印后，他便关起门搞传统诗词并撰写有关论文，这才是他倍感兴趣的课题。文教局的科长们和其他干部也都清闲，没事时就在办公室打麻将，叶根从不参与，也不会这玩意，而且讨厌。一听见麻将声就记起父亲说过的话：

“那是国民党姨太太们干的事，有闲阶级。”

同事们与叶根之间互相格格不入，他们便在章局长跟前说三道四：什么叶根傲慢清高啦，瞧不起机关干部啦，脱离群众啦等等等等。章局长很了解叶根的脾气秉性，把那些鬼话只当耳边风。但是叶根本人受不了那种阴阳怪气的声音与目光，在局里待了半年，就向章局长辞职。

“我这人不适宜机关工作，您还是让我回教学第一线去。”

“把你调到局里来，主要是想补偿提拔你，否则还不如放你回科学院。我知道你的为人，看重的也是你的为人，既然你不愿待在机关，我也不好勉强。”

章局长言辞恳切，又接着说：

“但是，我确实需要你。现在我很困难，手下没几个顶事的角色。就算我求你再帮帮忙，帮我搞完全县教师岗位练兵之后再走好吗？”

叶根知道章局长办事认真，不接手便罢，一旦主持工作就非改变面貌不可。自从他复职文教局长后便连连采取新的举措，创办《教学研究》和开展“岗位练兵”是其中两个主要项目。叶根的确重情义，他只好答应章局长的请求，继续在文教局工作。

在局里整整一年中，叶根协助章局长完成了他的一系列部署和规划，T城教育面貌日新月异，生机蓬勃，“形势越来越好”。章局长履行承诺放行叶根，把他再次安排于一中，要他担任全县中心外语教研组长。正是叶根任此职后，T城破天荒地有了高考录取的外语专业人才，尔后名额逐年递增。有些T城学生从外语学院毕业后仍回T城或所属地区教书，业绩都很喜人。

后来W市几所高等院校同时来T城商调叶根，章局长没再阻拦，且主动帮他在县委跟前说项。说叶根同志来T城二十一年，为T城献出了宝贵青春和全部精力，可是由于历史的误会他一直坎坷磨难，至今还是孤单一人没有成家，若能换个环境会更有利于解决他的个人问题。

县委对叶根的工作成绩心中有数，不论是在文工队还是在文教局，在水库还是在一中，他各个阶段各个部门的表现都堪称优异突出，有目共睹。而对他在“文革”期间的所作所为更是有口皆碑，叶根非但自己从未对别人动过粗，还说服小将坚持政策，避免了一些武斗和人身攻击。因此在县委扩大会议上讨论叶根的调动问题时全体一致通过。当时要求调动的外地教师将近百人，而经同意和批准的只有叶根一个。

叶根再次回到一中后，许多但闻其名不识其人的女孩或女郎经常来造访，叶根问所来何由，多半的回答是“慕名而来”。叶根之心不为所动，充其量陪她们喝喝茶说说话，最高格的礼遇就是应其请求拉拉小提琴而已。

这期间，罗芭儿已安排在县妇联工作，她成了叶根家常客，受公婆之命不时带些食物给叶根补身体，新鲜排骨、鱼肉居多，因为她家不需赶早排队，自有人送上门来。每次来芭儿都把叶根屋子收拾得整整洁洁，还帮叶根洗衣被鞋袜，尽力关照他的日常生活。并且每次来都特意穿着叶根为她买的衣服，只希望他见了高兴。

据芭儿说其夫胡建军知道她和叶根的恋情，却不敢阻止她和叶根继续来往。

“可别让他生你的气呵。”叶根说。

“巴不得他和我闹！”芭儿冷笑道，“闹起来我就跟他离婚。”

“他既然对你不错你又何必？要离婚当初就不该结婚。”

“当初没办法呀，两家已订婚了，我爸爸还收了他家一大笔彩礼。嫁他完全是为我爸爸着想，我若反悔爸爸下不了台。可是现在，我谁都不欠了，不欠他家也不欠我爸爸！”

由于上叶根家的人你来我往，她们都已互相熟识，医院汪护士长特别喜欢芭儿，两人遂成了十分亲密的朋友，几乎无话不谈。

有次汪悄悄告诉叶根，说芭儿坚决不跟胡建军怀孩子。叶根问其所以然，汪答：

“还不是为了你！我知道她的心思。”

灾难险恶的岁月宣告了结，凄美离奇的往事化作烟云，叶根在孽海中生死沉浮三十年，直到“拨乱反正”后才靠了岸。